想象 另一种可能

李淼 著

海峡出版发行集团 | 鹭江出版社
THE STRAITS PUBLISHING & DISTRIBUTING GROUP | LUJIANG PUBLISHING HOUSE

2015年·厦门

图书在版编目（CIP）数据

想象另一种可能 / 李淼著．—厦门：鹭江出版社，2015.10（2015.12重印）

ISBN 978-7-5459-0993-7

Ⅰ. ①想…　Ⅱ. ①李…　Ⅲ. ①随笔－作品集－中国－当代
Ⅳ. ① I267.1

中国版本图书馆 CIP 数据核字（2015）第 220370 号

XIANGXIANG LING YIZHONG KENENG

想象另一种可能

李淼 著

出版发行：海峡出版发行集团
　　　　　鹭　江　出　版　社

地　　址：厦门市湖明路 22 号　　**邮政编码**：361004

印　　刷：北京睿特印刷厂大兴一分厂

地　　址：北京市大兴区星光工业开发区西红门
　　　　　福伟路四条十号　　**邮政编码**：102600

开　　本：880mm × 1230mm　1/32

插　　页：1

印　　张：8

字　　数：190 千字

版　　次：2015 年 10 月第 1 版　2015 年 12 月第 2 次印刷

书　　号：ISBN 978-7-5459-0993-7

定　　价：38.00 元

目录
CONTENTS

关于世界的终极诗意

十　二

我开始相信，人到了一定阶段之后，一定会开始思考信仰这件事。因为信仰会让人在经历悲欢离合、贪嗔痴求不得之后，明确自己将以什么样的姿态存活于世，怎样自圆其说，怎样解释那些无法解释的因果。

十年前，我的前辈跟我说：到了一定阶段，你一定会对所有的玄学感兴趣，见佛必拜，见大师必忏悔。如今我终于有所了悟。

认识李淼老师之后，我对他无比好奇，因为我想知道，一个物理学家的信仰是什么。

那天我看完一部关于爱因斯坦的纪录片，在从上海回杭州的高铁上，忍不住问了李淼老师一个问题：为什么很多物理学家到了一定境界之后，都会开始敬畏神明，偏向宗教？我记得很多年前，我的物理老师跟我说：牛顿是伟大，可惜他老年笃信上帝，居然去验证上帝的存在。莫非是牛顿老眼昏花，开始去推翻他自己过去的理论了？

李老师告诉我，这是完全错误的认知，现代物理学的奠基式人物都信教，比如哥白尼就出生在教会家庭，还是天主教圣职人员。当时我就震惊了；我看了这本书，更意外于开普勒居然是星相学家，给皇家占卜星相。

人类走过洪荒时代，走过以神旨为最高指示的时代，步入科学时代以后，一度以为自己已经掌控了这个星球，不再需要巫婆祭司，因而神庙残破溃败，神像藏在断壁残垣里。神的时代终究衰落。

可当人类自以为主观意志已经达到前所未有的自由程度时，却有越来越多的人困惑于这种自由，甚至开始置疑这到底是幸福还是灾难。

当现代科学发展到人类目前所知的巅峰时，我们对于宇宙之了解，还是如此之渺小。

深夜阅读这本书，想象另一种可能。我们仰望星空看到的光亮，可能是行星在久远时光之前散发出来的；星星并不是我们以为的那样永恒。宇宙在大爆炸之后，仍在不停拓展边界。中国当然不是世界的中心，地球也不是宇宙中心，甚至连太阳星系也不过是沧海一粟。

还有什么比之更像是对个体的一种嘲笑？每个人孜孜不倦追求的那些利益，在当下所能体验到的巨大悲喜，放在世界视角内是微小的片段，放在宇宙视角内大概也不过是一个粒子。

所以我想，大概物理学家都是哲学家。物理学的终极目标，就是去验证宇宙和世界的终极奥秘，找到每一个事实背后可能有的终极规则。这令三十几岁的我，一个曾经惧怕、讨厌物理的文科女生，对物理产生了浓厚的兴趣。因为我知道，它其实与每一个人都有关系。

不了解物理学，你看不懂《盗梦空间》《星际穿越》《三体》，你不知道故事背后真正的启示是什么。你自然会陷入经济学对于世界的解释当中，当一切被经济学术语包围，人类迟早感觉无法喘息。这是世界观之巨大差异，也是人生哲学之巨大差异。

当你了解了星星的奥秘，你才能体会到这世界的终极诗意；当你了解宇宙的无边无界，你才能体会到这世界的终极孤独。

我不禁对五十年、一百年后的世界充满了好奇和憧憬：我的孩子会生活在什么样的时代，那时他们会如何看待星空和宇宙？他们是否不再惧怕脱离地心引力，不再陷在对地球资源的争夺斗争中呢？

看来我对于世界的想象，远比《星际穿越》更为乐观，我相信人类会在地球衰败之前找到新的生活方式。对于无神论者来说，这是另外一种最善意的信仰。不管灵魂是否不灭，不管物质是不是守恒，不管地球是不是有灭亡之时，我宁愿相信人类这个物种还能继续存续下去。

而李淼老师说他不是无神论者，我想，大概他有另外更好的信仰吧。

所以他写道："也许，在我们的世界，我们永远不会得知事情的真相。真相是超理性的。"

向往另一种生活

李　森

睁开眼，已是一觉睡到自然醒，此刻我并不在意窗外的时光。

在床上闻到了咖啡的香味，就像一种精气灌注到鼻子里，大脑这才慢慢醒来，精气又从大脑开始慢慢灌满全身。洗刷之后，慢慢啜饮咖啡，同时提醒自己今天该做的事：无非是，先读某一本已经读了三分之一的书，读书可以在家中完成，也可以是附近的一家咖啡店；读书之后，该是写作了。我不喜欢在过于安静的环境中写作，因此，写作一定要在附近那家人不算多也不算少的咖啡店。除了一些绅士之外，应该有三三两两打扮得精致的漂亮女生在此流连——然而欣赏她们的美不是我今天的主业，写作才是。但写作如果没有附近喝咖啡人的轻声细语，没有侍应生磨咖啡豆打奶泡的声音，灵感从何而来呢？

一篇短文，或者一篇长文、一本书的某一章节写完之后，该是享受美食的时间了。假如是秋天，我该身处北京，此间蓝天高过以往和别处，邻居的枣树挂满了硕大的果实。虽说北京已经是宜居的城市了，但相比十年前食物精致度并没有得到改善，依然是偏咸、偏油腻、偏重口味。吃饭该在家中完成，做饭的是一个精于吃道的小时工，当然此刻小时工的工价也是十年前的很多倍了。

如果是冬天呢？冬天一定是在广州过的，即使十二月，桂花依然在生长和开放，任何一个普通小区里都可以闻到桂花香甜的味道。作为已经退休、全副精力将工作和生活融为一体的人，我并不会体会到晚年的那种秋刀鱼之味。写作之后的饮食环节一定要在餐馆里完成，也许是下午茶吧，饮茶的馆子里坐满了年纪与我相仿的老人。直到现在我也说不了一句完整的粤语，这不要紧，广州向来是最包容的城市。

然而盛夏在巴黎最为温和适宜。白天的长度超过了十四个小时，吃了晚饭也没有等到日落。在落日的余晖中，是进行当天第二次写作的时间，随便哪间咖啡店都可以进行这种快乐的工作。最后，在互致 bonsoir 后走入街头的夜晚，走入清凉的空气里，在这样的清爽中慢慢走回家。

这是我为自己设计的退休之后的生活。那时，如果有更多的人听说过我，一定是通过我的作品知道的。大学教授和物理学家的身份已被自己和大家遗忘，偶尔我会在文章中提到这个身份，那也是因为我听到了学生辈或者学生的学生辈做出什么成绩的时候。绝大多数时间，我在读书，主要是文学类的，其中包括诗歌；隔三差五地会写一首诗，而其他写作集中在对社会的观察，以及计划中的某一本关于某个专题的书，内容与我多年来的思考有关。

是结束我的向往的时候了，谈一谈眼前这本书。这是我的第二本随笔集，距上一本随笔集出版正好有两年半的时间。编辑董曦阳从以往发表过的上百篇文章中精挑细选编成这个集子，和上一本相比我觉得要好很多，科普文章少了，多了一些我对一些事物的思考。

两年半的间隔，差不多说明了我写专栏的速度，比起多数专栏作家来说，我显然太慢了；但这个速度对于我自己来说，并不慢，甚至有点快。在诸多事务中抽出时间来读书比较难，不读书也就少了思考，没有思考如何写文章？我期待我向往的生活很快就会到来，那时，我的写作速度会快很多，写作也会真正成熟了。

梦的重量

夜幕从身体上退走

我们用白天

称出梦的重量

当我们谈论自由时我们在谈论什么

最近读到连岳的两篇好文章，讨论的是个人自由的问题，或者说，什么是自由主义。

连岳用了十年时间才知道什么是自由主义。在这十年间，他从一个谈论时事和政治的公知变成了他自己心目中真正的自由主义者。这种真正的自由主义者用他第二篇文章的标题来刻画最为恰切，就是“个人之上，再无其他价值”。

连岳用了谈时事和政治的十年时间最终体认了个人自由这一终极价值，而我呢？我用不谈政治的二十年时间也体认到了。道路不同，不妨碍我们走向同一个终点。当然，也许你会问：“你确定这是真的终点吗？”我不敢肯定，但我心中有一个声音告诉我，个人自由是人类社会的最高价值，而一切其他人类价值都建立在这个价值之上。

比如说集体价值，这一点不难理解，没有任何集体价值凌驾于个人价值之上，集体的价值本来就是个人价值之和；但不能牺牲某一个人的价值来实现另一个人的价值，或者牺牲某一个人的价值来实现其他多数人的个人价值。价值不是简单的金钱相加，也不是零和游戏。这个话题让我想到哈佛公开课《公正：该如何是好》的第一节课“杀人的道德侧面”上谈到的一个故事：

“你是一位有轨电车司机，你的电车正以每小时60英里（1英里=1.609千米）的速度行驶。你发现，在车轨的尽头有五位工人在那里干活，你想尽办法让车停下来，但已经停不住了——你的手刹失灵了。你感到十分绝望，因为你知道如果撞向这五位工人，他们必死无疑。突然你发现，在电轨的尽头，刚好有一条分岔，而在那条分岔路上只有一位工人，并且你的方向盘还没有失灵，所以你可以选择把电车拐向那条分岔路撞向那位工人，但救活了另外那五位，你会怎么做？”

课堂上的多数人选择了撞死岔路上的一位工人救活五位。后来桑德尔教授解释说，这样的选择就是边沁主义，或功利主义，其道德基础是结果性道德。多数人会自然地倾向于选择牺牲一人救活多人。之后桑德尔教授换了一个角度看问题：“假设你不是那位司机，你是一个站在桥上的旁观者，看到了司机将撞向五位工人。此时，你身边恰好站着一个胖子，如果你将胖子推下桥，就会恰好阻止电车前进，从而救活五位工人，你怎么选择？”课堂上的多数人选择不做任何事情，否则就是谋杀那个胖子。

其实，第二个故事中的旁观者面对的选择和第一个故事中的司机面对的选择完全是一样的，为什么在类似的情形下，功利主义或结果性道德不再起作用了呢？教授解释道：因为第二个故事中起作用的是动机道德论或者说绝对道德论，它以康德的道德论为代表。

当然，我们通常不会处于类似上述两个故事的窘境中，连岳所谈的自由主义，也不涉及以杀他人的方式救人。他所谈的，是作为个体的我们，是否应该牺牲自己的自由去成全别人，或者，我们是否应该要求一个人牺牲自己的自由来成全他人。在前一种情况下，我们多数会支持连岳，因为我们任何一个人都会成为那个主体；而在后一种情况下，我们多数会要求他人牺牲小我成全大我，因为此时我们不是牺牲的那个主体。这两种情形，和哈佛大学桑德尔教授讲的两个故事类似，只不过桑德尔的故事过于极端，因为涉及杀人。

为了清晰起见，我们现在重新表述一下边沁的功利主义：道德的最高原则，无论是个人道德还是政治道德，都是将公共利益最大化，或将集体幸福感最大化。

在这样表述之后，我们就知道，连岳反对的就是边沁的功利主义。当然，连岳在第二篇与朱建陵商榷的文章中解释了他选择自由主义的理由。他认为选择自由主义是最快最好的路，违反逻辑的事自然会消亡，例如苏联的极权。

也许我们不能同意自由主义总是最快最好的路，但我们不得不同意连岳对自由主义的定义，将任何其他价值凌驾于个人价值之上就是非自由主义。利益最大化本身就充满争议，同时也是无法真正计算的。牺牲个人成全多数，牺牲少数族裔成全多数族裔，看起来完全不同，却完全符合利益最大化原则。对于掌握计算权力的人来说，他还可以定义谁的幸福价值更高，这样就会导致完全无视个人，将社会引向地狱的悲剧。

换句话说，自由和生命一样，是无价的，无法计算。对于一个社会来说，还有什么比追求个人自由具有更高的价值？还有什么比支持他人维护个人自由更好的选择？

选择自由主义并不容易，同样在桑德尔教授的第二节课上，多数美国学生选择边沁的功利主义。

人在宇宙中的位置

“我们从哪里来？我们是谁？我们向何处去？”——这是高更名画的标题，也是人类思考自身与宇宙的终极问题中最为极品的问题。

我们还不能完全回答这些问题，也许永远不能完全回答，但我们在回答这些问题的路上越走越远，或者说，我们离问题的答案越来越近。

一个人，在幼年时代可能最关注他的周围环境，对一切充满好奇心，本能驱动他去学习、适应乃至主动地创造。也许我们都会轻松地同意“学习和适应”是人处于幼年时的本能，但不会同意“创造”也在其中之列。其实，婴儿在很小的时候就学会推理和猜测，而猜测本身就是创造的基本元素。人作为个体，本身就是一个小宇宙。他像宇宙一样会成长、演变，变得越来越复杂，同时也像宇宙一样在创造。也许你会认为宇宙本身不会思考，不会问以上的那些终极问题，但宇宙通过它内部的人类来问这些终极问题。

人类作为整体也许还处于幼年，但在最近的数万年中，人类的成长突飞猛进，特别是自新石器时代以来，人类文明与科学技术的发展周期越来越短，周期以指数的方式缩短（工业时代比农业时代短了近百倍，后工业时代比工业时代短了十倍），而新想法、新创造以及财富也以指数的方式增长。甚至有人如未来学家库兹韦尔预言，人类在数十年后将进化为超人，与智能机器的结合使得人类变成超人，思维能力与创造力将无限发展，人将飞出太阳系与银河系。

一切听上去都很科幻。

但是到目前为止，我们确实还不完全知道我们是从哪里来的，我们在宇宙中的位置，以及我们将走向何方。在这里，我想通过对外星人的搜寻谈谈人在宇宙中的位置。

我们可以先大致这么说：人类自从开始追问自己在宇宙中的位置时，就认为我们处于宇宙的中心地位，认为人是万物之灵。后来，近代科学发展导致人类越来越怀疑这种“朴素”的观点，极端的观点甚至认为人在宇宙中和一块石头一样，没有特殊意义，并且十分普通和普遍。再后来，就是眼下，开始有人以另一种方式回归到原始的朴素观点——人在某种意义上还真是非常特殊。我自己的观点是：人是这个宇宙中唯一的智慧生物，或许，存在几乎无数个其他宇宙，而我们生活着的这个宇宙非常幸运地拥有智慧的存在。

展开来说，首先，目前流行的看法是，我们现代智人大约源于二十万年前，智人完全不同于更早的直立人。就进化来说，智人在十几、二十万年的历史中除了文明的进步，在生理上没有什么特别大的变化。那么，文明开始于何时？如果不以文字为标志，我觉得文明可以以原始宗教的出现为标志。那么，文明的起始就与人类有了墓葬与墓葬仪式的时间相一致，因为后者被认为是原始宗教出现的标志。

有考古证据的最早墓葬可以追溯到四万年前，一个典型的例子是位于澳大利亚的蒙哥人。在蒙哥湖（Lake Mungo）附近，考古发现揭示了蒙哥人在埋葬死者时举行某种仪式，这自然与原始宗教有关。

很有意思的是，最早的艺术品也可以追溯到四万年前。有一种狮面人身的雕像，质地是猛犸象牙的，发现地点是德国的一个洞穴，属于旧石器时代晚期的奥瑞纳文化。这些类似的发现当然比中国的新石器诸文化早了许多。

当人类有了原始宗教，人类一定对世界有了某种解释。或者反过来，原始宗教是人类企图解释世界的结果。在几乎所有的原始宗教中，人是天地或宇宙的中心，首先在地理上，认为我们所处的位置居于世界中心，原因是早期人类的目光所及总有一个视界，几何学上向远处看的人总觉得自己处于视界的中心：大地是平坦的，天是圆的，我们处于中心。古代人认为万物有灵，山有山怪，水有水精，每棵树都有灵在控制其生长，云彩雷电也有相应的灵，太阳月亮也有对应的灵在运行。而在所有的精灵之中，人是万物的尺度，人是中心。即使有神，神也不过是人的升华。

万物有灵论是一个很有效的“科学”系统，既然我们能够体会人类自身的动力与自由意志，那么万物有灵自然能够解释一切事物的运动。

到了一神论时代，人同样处于宇宙的中心。例如在《圣经·旧约》中，耶和华在开天辟地之后，创造了人类，并将他安置在伊甸园，让他管理所有其他生物。

当然，古老的中国人一直认为中国才是宇宙中心，中国的“中”字的含义本来如此。直到 16 世纪末利玛窦等人来到中国，我们才知道中国并不是世界中心。

古希腊人发展了系统的天文学，第一个重要的系统自然是托勒密系统。在这个系统中，地球居于宇宙的中心，离地球最近的是月亮，然后依次是水星、金星、太阳、火星、木星、土星，以及所有其他恒星。

当然，现在几乎所有教科书都说托勒密错了，16 世纪初的哥白尼系统才是正确的。在日心说中，居于中间的是太阳，然后依次是水星、金星、地球、火星、木星、土星……我们也知道，托勒密并没有完全错，他只是站在以地球为静止参照系来观察天体运动的；哥白尼当然非常了不起，因为他能够换一个视角，以太阳为静止参照系。

在哥白尼的眼中，宇宙只有太阳系这么大，但地球不是中心，荣耀神圣的是太阳，因此，人类与其他行星一样不是中心。当然，放在今天来看，太阳系不是整个宇宙，太阳更不是宇宙的中心，因此，今天的人类位置比在哥白尼开创的时代更加远离宇宙中心。

事实上，到了 20 世纪 20 年代，人们发现银河系才是更大的宇宙；到了 30 年代，连银河系都远远不是宇宙本身，例如，仙女座大星云是距离我们高达两百万光年的一个比银河系还要大的星系。如果说，银河系含有大约两千亿到三千亿颗恒星，那么仙女座星云中的恒星不少于四千亿颗。

不论是三千亿还是四千亿，这些数字大约等于地球上曾经活过的所有人口数。

那么，接下来我们会问，现在的宇宙到底有多大？目前天文学家和物理学家共同承认的一个宇宙模型告诉我们，宇宙的半径大约有四百多亿光年，在这个巨大而有限的宇宙中，至少有一千亿个星系，而每个星系都像银河系一样含有千亿数量的恒星。

有人会问：你怎么确定宇宙是这么大？宇宙之外是什么？简短的回

答是：我们原则上能够看到的宇宙范围就这么大，再远的地方我们看不到了，因为越远的地方我们看到的东西越早（光速有限），更早的宇宙是不透明的。当然，我们不能排除在我们可观察到的宇宙之外还有空间，还有更多的其他宇宙，也许还有几乎无数个其他宇宙。

那么，人类怎么办？人类这么渺小，渺小到地球在宇宙中不用巨大的放大镜根本看不到，渺小到很多年前旅行者一号在遥远的60亿公里外回望地球的时候，用她的摄像机只能拍到一个暗淡蓝点。

最近数十年，人类在“认识”到自身的渺小之后，开始问：宇宙中有类似人类或者比人类更加聪明的智慧生物和更加发达的文明存在吗？

无数科幻小说和科幻电影都以宇宙中甚至银河系中存在很多其他文明为前提，《星球大战》《星际迷航》是如此，最近的《阿凡达》《普罗米修斯》也如此，当然，令中国人骄傲的科幻小说《三体》也如此。

但是，至今没有人见过外星人（没有证据的声称除外），因此产生了所谓费米悖论。费米问：那些外星人在哪里？也就是说，如果科幻假设是正确的，银河系中早在数十亿年前就产生过智慧生命，比我们智人早了太多太多，那么他们的文明到今天应该比我们先进得太多太多，他们早该造访地球，他们早该在地球上留下了什么。可是，为什么我们没有看到？

科学家比普通人更加关心这个问题，因此他们早在二战之后就利用二战中发展起来的射电技术寻找外星人。1959年，著名科学家科科尼（Giuseppi Cocconi）和莫里森（Philip Morrison）就发表了一篇科学论文，讨论用射电技术搜寻外星文明的方法。

在研究地外文明的先驱之中，有著名的卡尔·萨根，有法兰克·德雷克一个计算银河系中到底有多少智慧文明的公式，叫德雷克（Drake）

公式。萨根曾经用这个公式计算过，得到的数目很巨大，不下上百万。当然，这些上百万的文明有的先进有的落后，落后的不会来访地球，先进的也许不屑于来访地球。萨根回答了费米悖论吗？

有一个专门搜寻地外文明的组织，最早成立于1961年，叫SETI。这个组织不遗余力地搜寻地外文明，利用了很多著名天文台和射电望远镜，例如位于波多黎各阿雷西沃的口径球面300米的射电望远镜。很遗憾，与萨根的名著《超时空接触》里的故事相反，到今天，我们也没有能够看到任何地外文明的蛛丝马迹。

目前，中国已在贵州建成口径球面达到500米的射电望远镜，目的之一也是搜寻外星人。

美国在2009年向太空发射了一个望远镜，命名为“开普勒太空望远镜”，其母目标是专门搜寻太阳系之外的行星，特别是类似地球这样适合生物出现的行星。次年，开普勒计划就发现了300余颗系外行星；到了2011年，这个数目增至2000以上。科学家估计在以地球为中心的一千光年范围内，至少存在三万颗可居住行星，而在整个银河系内至少有五亿颗这样的行星！当然，搜寻到的行星数目还在继续增长。现在，可以说，几乎每颗恒星都携带行星，或者说，银河系中的行星数目不小于恒星数目。

开普勒太空望远镜的发现更加深化了费米悖论：既然存在这么多可居住行星，那么，是不是应该有同样多的地外文明？为什么至今他们还没有造访我们？更严重的问题是，为什么至今我们还没有发现他们存在的任何迹象，即使通过最先进的手段？

很多人，如英国皇家天文学家马丁·瑞斯，认为外星人的确存在，很多外星人比我们更加发达，而人类正在向后人类迈进。当我们造出智慧的机器人之后，硅基智慧就出现了，有智慧的机器人完全可以发展出新的文明。

另一些人，如著名科普作家保罗·戴维斯认为，人类是孤独的，庞大的宇宙中只有一个智慧文明，就是人类。

一般人很难认同戴维斯，我却认同，否则我们无法解释费米悖论。我觉得，人类的出现非常偶然，不像某些进化论者认为是必然的。不是有了单细胞生物就会出现哺乳动物，不是有了哺乳动物就会出现智人，这个链条上的每一个环节都非常脆弱，智人出现的可能小而又小。你会问：既然每一个环节出现都是极其偶然的，它为什么在地球上就出现了？

我暂时的答案是：人类在地球上出现了这是事实，当事实出现后你就必须承认，而不是去计算其概率。当然，我有一个很时髦的理论可以用来解释这个小而又小的概率：在我们的宇宙之外还存在几乎无数个其他宇宙，多数宇宙与我们的宇宙完全不同，甚至物理规律也是不一样的；也存在少数与我们的宇宙类似的宇宙，即使这些宇宙占少数，但由于存在的宇宙基数可能非常大，这个少数的数目也庞大得惊人。在这些类似我们的宇宙中，总有一些宇宙中出现了智慧生命，而当这些智慧生命出现后，他们就开始问"我们从哪里来，我们是谁，我们向何处去"这类终极问题，他们就提出了费米悖论。

再重复一遍，费米悖论的真正答案是：存在很多类似我们的宇宙，尽管在这些宇宙中智慧生命难以出现，但还是能够偶然出现；出现之后，他们发现自己在宇宙中是孤独的，正是他们的出现才能有带有智慧的问题出现，如费米悖论。

历史是偶然的

中国人，一旦学一点历史唯物主义，或自然辩证法，或在科学中学到牛顿力学，就会相信历史是一定的。我们并不知道持这种观点的人心目中的历史到底是宿命的，还是决定论意义上的。但宿命论和决定论还是有区别的：宿命论含有一定的神秘主义色彩，命已注定，但不可知，因为命运的背后有一种不可知的力量，就是那个主宰你命运的力量；而决定论则更加物理化，有什么因就有什么果，世界在开端的时候，所有的因都具备了，因此果也是不可避免的了。

我早就想写一篇文章表达一个完全相反的观点：历史根本上是不一定的，甚至可以说是偶然的，历史唯物主义作为人类社会发展的“科学”根本不科学。历史不存在一个根本的规律，因为整个宇宙本身并不存在一个决定论的根本规律。而历史唯物主义的一个主要观点是，历史的所有事件发生的根本原因是物资的丰富程度。将一切约化为物质，雅一点的说法是经济决定历史，环境决定意识。

但我迟迟没有动笔写这么一篇文章，后来终于下决心写，是因为看到《大家》上蒋亚平先生的文章《历史是一定的》。他开头就说："历史是一定的，不仅仅是在它是已经发生的事件这样一点上是一定的，还因为在它刚发生的时候就已经是一定的，在它还没有发生的时候就是一定的。一定的意思就是说必然发生，不能更改，没有选择。"

撇开人类历史，我们先看宇宙的历史，看看蒋先生的命题是否成立。

宇宙在热大爆炸发生之前发生了一个极为短暂的暴涨，它在时间上的长短不十分确定，大约是10的负32次方（10^{-32}）秒。在这个极短的时间内，宇宙在线性尺度上膨胀了10的26次方（10^{26}）倍，体积的膨胀倍数是这个数字的三次方。这个时期的存在极为重要，没有它，我们的宇宙不可能成长为今天这么大的一个宏观宇宙，尺度达到四百亿光年以上。

这个时期的存在还有另一个重要性，那就是，今天的恒星、数千亿颗恒星组成的星系，都是在暴涨期就诞生的种子。这些种子是怎么来的？物理学家通过量子论计算告诉我们，在这个极为短暂的时期，真空能量发生了涨落。这些涨落很寻常，它们还不断地在宇宙中发生，不断地在我们身边发生，涨了就落，落了又涨。但它们在暴涨时期发生就不寻常了，因为那时宇宙空间膨胀得极为迅速，很多涨落还没有来得及落回去，就被迅速膨胀的空间拉开并固定下来了。这些涨落从能量密度上来看非常小，只有十万分之一。可是，就是这些细微的涨落后来在万有引力的作用下慢慢地成长，最终成长为恒星和星系。

学过一点量子论的人很快就知道，原来我们在天空看到的恒星以及星系是量子涨落的结果，而量子涨落是偶然的，我们只能计算某个空域中恒星和星系出现的概率，却不能预言什么恒星和什么星系会出现。是的，我们的太阳系完全是不可预知的量子涨落的结果。或者更加准确地说，我们太阳系之前的恒星（太阳是第三代恒星）是一个概率结果，这样，太阳系本身也就是概率结果了。宇宙大爆炸的开端，并不存在某个确定的“因”，导致太阳这个“果”。

表面上看，因果律在我们这个世界严格成立，这也是为什么牛顿科学体系导致所谓的“历史唯物主义”。你给一个铅球多大的力量以及多大的角度，它就能被推得多远。开车的时候，挂好挡，踩上油门，你会看到汽车速度计慢慢升高。如果你是飞行员，会有更多仪表，每一个仪表都告诉你一定的飞机状态数值。当然，不论是腕表，还是手机中的时钟，都是有条不紊地走着。太阳每天从东方升起，然后在西方落下。从我们的日常经验来看，我们这个世界的运行是按照某种事先确定好的方式运行的。这些经验在牛顿力学体系中成为一个严格的经典因果律。

另一方面，我们又体会到不确定性。你不知道明年会不会升职，不知道刚写的一本书出版后能够卖出多少本，你甚至不知道今天在饭店会点什么菜，不知道有什么客人会迟到。这些不确定性，让我们感到世界无法把握，有的甚至让我们绝望。比如你在找工作却一直找不到，不知道录用的机会什么时候到来。物理学家会告诉你，其实这些不确定性都是表面的不确定性，有很多因素你不知道，所以你不能预言。比如前面提到的请客，张三也许在家和老婆吵了一架，所以他迟到了半小时。如果你知道了所有这些因素，你会预料到事态的发展。

不过，在我们将所有因素都约化到最简单的因素之后，很多情况下我们还是不能预言事态将如何发展。比如张三和老婆吵架了，最终归结到他老婆哪根神经搭错了，但问题在于，连张三老婆都不能预知自己什么时候哪根神经会搭错，你又怎么能够预言张三是否和老婆吵架？而如果吵架，又怎么知道这场唠叨会唠叨到什么时候？因此，所有和人类活动有关的事情，最终都归结为人的大脑活动，而迄今为止我们并不能预言大脑的运行，也不知道它做出决定过程的细节。这就将我们带到一个终极问题：人类是否拥有自由意志？而这是争论了两千年没有结果的问题，正方和反方的人数一样多，还需要科学发展本身来回答这个问题。

在微观世界，一切都是不确定的，一个电子也许在这个时刻出现在A点，下一个时刻在什么地方出现只能用概率来估计。起先，人们以为也许世界只是微观不确定，而宏观是确定的。但是，我们一开始就用我们的太阳系为例说明这么一个宏观物体，它的出现也只是偶然的。

可能会有人反驳道：你是对的，微观世界是不确定的，太阳系的出现也是偶然的，但介于太阳和电子之间的一切都是决定论的。这个观点，表面看上去还真不好反驳，但我也尝试给一个反例。也许，单细胞生物在三十亿年前出现在地球上不是偶然的，但是人类的出现是必然的吗？即使人类出现是必然的，智人的出现是必然的吗？有没有这样的可能，在非洲的某个地方，一个宇宙射线击中了一个直立人的卵巢，改变了一个关键基因，使得她的后代成为第一个智人，或智人的祖先？按照恩格斯的历史理论，劳动创造了人。可是我们现在知道，地球上所有智人都是“非洲夏娃”的后代，为什么其他地方的直立人没有通过劳动成为可以对抗非洲夏娃后代的智人？我们甚至可以直接问：为什么尼安德特人没有通过劳动成为现代智人？

研究还发现，智人的脑容量在语言出现之前已经有人类现在脑容量的大小了，也就是说，语言需要的大脑部分早就在那儿了，为什么语言出现得更晚？乔姆斯基甚至说：语言，或者近乎完美的语言产生于某个个体的一个随机突变。近于完美的语言是突然出现的，而不是通过什么劳动。至于这个随机突变的原因是什么，大概我们永远不会知道。既然是随机的，就没有什么固定的“因”，更加不是宇宙在大爆炸时已经决定了人类以及人类语言的出现。

至于人类的自由意志，如果存在的话，则彻底推翻历史唯物主义，因为很多重大的决定可能与物质或经济完全无关，它们是某些人的大脑自由决定的结果。我常常说，即使我们正在经历的历史，很多情形下也是偶然事件塑造的。这些事件，有的可能是某个喝醉了酒的大佬造成的一个事故，也可能是张三被老婆吵烦了突然离家出走，也可能是某人因一个美女的脸上发出的一些光子改变了他的婚姻，从而改变了他自己的历史，从而也改变了我们的历史。

黑暗森林和审美的眼

黑暗森林来自刘慈欣所著《三体》中的一个重要社会学设定，在《三体》中叫“宇宙社会学”。而审美的眼呢？它自然和审美有关，在这里，更和生命以及生活有关，我从川端康成的“临终的眼”推演出审美的眼。

这两件事，看上去是如此不同，我怎么能强行将它们扯到一起？

先看黑暗森林。《三体Ⅱ》的主角罗辑遇到叶文洁，后者建议他研究宇宙社会学，因为她知道三体人就要来了，必须研究宇宙社会学好去应对。罗辑在得到叶文洁的指点后，终于悟出，宇宙中充满了文明，人类之所以一直没有看到它们，是因为所有文明都隐匿起来了。一个文明隐藏自己怕被别的文明发现，是因为宇宙是一座黑暗森林，“每个文明都是带枪的猎人，像幽灵般潜行于林间，轻轻拨开挡路的树枝，竭力不让脚步发出一点儿声音，连呼吸都小心翼翼……他必须小心，因为林中到处都有与他一样潜行的猎人。如果他发现了别的生命，不管是不是猎人，不管是天使还是魔鬼，不管是娇嫩的婴儿还是步履蹒跚的老人，也不管是天仙般的少女还是天神般的男神，能做的只有一件事：开枪消灭之。在这片森林中，他人就是地狱，就是永恒的威胁，任何暴露自己存在的生命都将很快被消灭。这就是宇宙文明的图景，这就是对费米悖论的解释”。

罗辑根据什么推导出黑暗森林的结论？出发点是叶文洁的两条宇宙社会学公理：第一，生存是文明的第一需要；第二，文明不断增长和扩张，但宇宙中的物质总量保持不变。

生存是文明的第一需要吗？这就带出我要谈的第二个问题，审美的眼。川端康成有一篇随笔，叫《临终的眼》，写的是一些日本作家和艺术家。

川端先写画家竹久梦二。梦二是一位很颓废的画家，不仅画风颓废，人也颓废。川端写道：“他的颓废促使他的身心早衰，样子令人目不忍睹。颓废似乎是通向神的相反方向，其实是捷径。”

就是这样一位颓废的艺术家，其作品不仅得到少女的欢迎，也感染了青少年甚至上了年纪的男人，可见其作品的情调之力是如何之大。川端写道：“就是这位梦二偕同女学生到高原去摘花草，快乐地尽情游玩。还为少女绘制画册。这不愧是梦二的风格。我看到这位禀性难移的、显得年轻的老人，这位幸福而又不幸的画家，很是高兴，内心又像是充满悲伤——不论梦二的画有多少真正的价值，我也不禁为他的艺术风韵所打动。梦二的画对社会的影响力是非常大的，同时也极大地消耗了画家自己的精力。”

颓废而又年轻，也许是日本艺术家以及文学家的特质吧？

然后川端又提及其他艺术家，特别是小说家芥川龙之介。芥川在很年轻时就自杀了，而川端则在 73 岁时自杀，距他获诺贝尔文学奖已有四年。两人自杀时的年纪相差很大，但自杀的原因也许很接近。在《临终的眼》中，川端说自己年轻时并不了解芥川自杀的原因，很看不上芥川，“芥川无论作为作家还是作为一般文人，我都不那么尊敬他”。等到川端活到接近芥川的年纪时，才体会到芥川的感受，这就是“临终的眼”。因为只有当一个人以为自己活到“晚年”的时候，世界的美才被他的眼睛事无巨细地收拢。

芥川说：“我什么时侯能够毅然自杀呢？这是个疑问。唯有大自然比持这种看法的我更美。也许你会笑我，既然热爱自然的美而又想要自杀，这样自相矛盾。然而，所谓自然的美，是在我‘临终的眼’里映现出来的。”

而川端说：“在修行僧的‘冰一般透明’的世界里，燃烧线香的声音，听起来好像房子着了火落下灰烬的声响，听起来也如同电击雷鸣。这恐怕是真实的。一切艺术的奥秘就在这只‘临终的眼’吧。”

因为他们在临终之前看到了世界的大美，他们才义无反顾地自杀。他们身体力行的事，就是日本人传统中的“生如夏花绚烂，死如秋叶静美”的生死观。

如果我将“临终的眼”代以审美的眼，就可以和黑暗森林原则拉到一起了。

也就是说，罗辑据以推论出黑暗森林的宇宙社会学公理并不成立，尤其是第一公理“生存是文明的第一需要”，原因在于这条公理应用到个体就不能成立。

生命是个人的第一需要吗？多数情况下看起来确实如此，中国人有一条独立于苍茫宇宙的信条：好死不如赖活着。但这个信条并不是放之宇宙而皆准的宇宙真理。不用说宇宙，就是在地球上，“生存是文明的第一需要”也不是真理。比如，我们前面提到的芥川和川端康成，对于他们而言，生存最多只是实现审美的过程。他们不仅觉得赖活不如好死，还认为美是世间很值得尊重的东西，而最美的东西往往是瞬间的，如樱花，因此他们会为美去死，有时甚至觉得死本身也是一种美。这和日本土地不大但风景优美有关，也和佛教有关。

以这个比类推下去，还有很多可以说的话，不过，我还是打住吧。

你别无选择

你该生活在大城市还是小城市？你该结婚还是抵抗思想落后的50后父母？你该移民还是老死故乡？你是白富美还是矮矬穷？这些都是我们现在每天被迫思考的“终极问题”。我的部分答案是：你别无选择。

刘索拉写出同一个标题小说的时候，我在科大读书，是个中规中矩的理科男，一心只读理论物理的圣贤书，而时尚的人们则以谈论她的先锋小说为荣。若干年过去了，我看刘索拉参演的电影《无穷动》，顿觉岁月不居，三十年河东三十年河西，她从文学女回归音乐，我从理科男跨界文学。

于是我想，一个人，是不是像《你别无选择》中的李鸣那样别无选择，只能作曲，或者像我这样先得从理论物理开始，人生由不得你？

在几年前，我慢慢确立了自己的历史观，那就是：历史没有规律可言，主要事件都是偶然的，而多数在很多人眼中的必然事件又都是无足轻重的。比如说，今天早上我是否吃了早餐，如果吃了具体吃了什么，这些与几十年后我是否成为青史留名的文学家无关。可是，也许是远方的某个人偶然的一个念头，导致我从北京移居到广州，从此改变了我的人生，也改变了一些与我相关的人的人生。而那个起初的念头呢，可能我们事先也没有料到。根据我的理论，人的意识一定程度上是量子论的，也就是非决定论的。由此，我得到结论，历史没有规律可言，不可预测。

最近我读任晓雯的一篇文章，里面有句话我愿意引用一下："在人生有限的可能性中，没有发生是必然，发生却是偶然。"这句话作何理解？我试举一例。一个出生在西藏边远地区的孩子，这辈子没有成为改变科学进程的伟大科学家如爱因斯坦，这是必然。当然，他有可能被寻找活佛转世灵童的人选中，后来也去了西方，成为著名人物，这一点归于他偶然的幸运，但他不会成为像爱因斯坦那样的人。尽管爱因斯坦成为他自己有很大的偶然性，但我们可以确定很多人成不了有成就的物理学家，更不用说成为爱因斯坦。必然性在这里确定无疑。

当然，任晓雯没有深究发生和不发生之间的逻辑互换关系，所以她的说法不严谨。如果我们将"成为爱因斯坦"当作发生的事，她的意见对于一个生活条件很差的人是成立的；可是，我们也可以将"没有成为爱因斯坦"当作发生的事，而这件事没有发生，即成了爱因斯坦，根据晓雯的话，就是必然的了。当然，我们这里没有必要做这种纠结的逻辑辩论。

回到开头的那些问题，我们一个一个来说。你该生活在大城市吗？如果你是个教育程度很差的人，比如仅仅读到小学，你去北京能做什么？最多只能做保姆。对于绝大多数人来说，甚至中学毕业程度都很难在大都市混。至于你是否能够读到大学，在很大程度上是必然的。最近我看了三集英国 BBC 纪录片，*56up*，里面记录了十四个人的人生历程，从七岁一直到五十六岁。令人遗憾的是，多数人一生生活在同一个阶层，只有极个别的人依靠努力改变了自己的命运。有人说这个纪录片说明了“每个人都是阅历的囚徒”，而在我看来，每个人的阅历又是由他生命的几个基本元素决定的，比如是否有足够的意志力，是否有足够的改变自己命运的动力。前者是由基因决定的，而后者又和阅历、见识有关。因此，人生很大一部分真是必然的，你别无选择。

同样，也不要纠结于你是否会遇到你想结合的人。倒退数十年，一个人结婚不结婚都是过日子，因此绝大多数人选择了结婚。现在，你有选择了，你有选择是因为你足够幸运，你在经济和精神上足够强大。否则，假使你生活在一个小城镇，你还是早早地选择了结婚。至于是否移民，也不在大多数人的选择范围之内。

也不要去想是否买房，对于一个动力足够大、意志力足够强的人，买房和不买房没有什么区别。可是，如果你不够强大，房子就会变成一辈子压在你头上的大山，让你永世不得翻身。至于白富美或矮矬穷，简单地说，无论在什么社会，你也是别无选择。

就我看来，尽管人生、社会和历史充满了偶然，但开篇的问题却是伪问题，没有争论的必要。

智商的神话

什么是智商

我们常说这个人聪明那个人好笨，在微博这种乱糟糟、群言无忌的地方，甚至经常辱骂对方是“脑残”。在不进入认真讨论的语境下，我们想当然地认为聪明或不聪明、智商是否足够高，以及智商是什么，是不言自明的事。

其实，智商是什么，就像什么是美，并不容易说清楚，或者，干脆说不清楚。

智商，英文简称 IQ，全称 Intelligence Quotient，这个概念是德国心理学家威廉·斯特恩创造的。最早测试智商的考试是法国心理学家比纳和他的学生西蒙在 1905 年设计出来的，那时更强调语言能力。比纳的智商定义大约是心智年龄，如果一个正常人的心智年龄与其生理年龄相等，他的智商就是 100。这样，一个生理年龄 20 岁、心智年龄只有 10 岁的人的智商就只有 50。问题来了，如何定义心智？什么是一个标准的心智年龄？这些都是说不清楚的事情。

因此，美国心理学家大卫 · 韦克斯勒在 1939 年提出他的智商测试方法，现在更为流行。他的方法是：先定义一个固定年龄群人口的平均智商为 100，以 15 为一个标准差。标准差是一个数学名词，需要解释一下。标准差 15，就是说假如你的智商在 85 到 115 之间，就属于 68% 人群。如果你的智商在 70 到 130 之间，你属于 95% 人群。假如你的智商高达 145 呢？那么，只有不到千分之二的人比你更聪明。据说爱因斯坦的智商达到了 160，这是偏离了平均水平四个标准差，那么，五万人里只出这么一个聪明人。有人说某某数学家的智商高达 230，这已经溢出整个世界的人口了，只能将外星人包括进来才能出一位了。所以，智商绝对有神话的一面，否则，人们为什么会对此津津乐道？

有一个有趣的当今十大天才名单，华裔数学家陶哲轩名列第一，他就是那位智商高达 230 的人。在这个名单中，前三名全是科学家，可见自然科学最牛。第一名陶哲轩是数学家，第二名和第三名都是物理学家，那么，请对数学家和物理学家脱帽致敬。

第四名罗斯纳是一位剧作家，恭喜文科生。第五名卡斯帕罗夫是俄罗斯国际象棋大师，智力竞技项目终于进入名单了。第六名詹姆斯 · 伍兹大家比较熟悉，美国男影星，可见演员并不笨。事实上，我喜欢的朱迪 · 福斯特的智商也很高，还有莎朗 · 斯通。前十名中的另外四名不是科学家就是象棋大师。不过，我对这份名单很怀疑，因为美国人进入的比例太高。

说起来，智商理论也是一套一套的。首先，有 G 因素（普通智力因素），这是指普遍存在于不同能力之间的智力因素，包括算术、语言、图像判断、阅读和记忆，等等。这些无非都是认知能力，于是，英国心理学家雷蒙德·卡特尔又提出可变智力和固化智力。可变智力指的是解决新奇问题的推理能力，而固化智力指的是与知识和所受教育相关的能力。在我看来，明明解决特殊新奇问题的能力才是与生俱来的，所以应该叫固化智力；而通过训练和教育获得的能力才是可变的嘛。但是，卡特尔指出，他定义的可变智力随着衰老会退化，而固化智力则不会。

作为一个跨界者，我有点沾沾自喜：我有解决数学和物理问题的能力，因此我的可变智力不低。46 岁后，我写诗甚至写故事，可见我通过后天训练获得的能力也不低。当然你会质疑，写诗的能力也是一种天生的能力啊。这我不否认。可是，语言能力与数理能力相反，随着年纪的增长不但不衰退，还会越来越强，这很像卡特尔提出的固化智力。

二十年前，约翰·卡罗尔提出了智力的层级理论。处于最底层的，是最特殊的能力，例如拼写文字（在中文中，大概是认罕见字、记得繁体字如何写），最强大脑中的选手具备的能力应该是这一类。处于第二层的是比较普遍的能力，包括空间识别能力、听力，等等。处于最上层是最一般的能力，类似 g 因素。卡罗尔对语言测试的研究还影响了中国人熟知的托福考试。

如何获得“高智商”

坦率地说，我对后天改变智商的信心不大。我不怎么做智商测试，大概做过两三次，每次的结果都差不多，140 左右，比我的朋友阿雅娃娃低了 5 分。据说科学家的智商在 130 到 150 之间，看来我处于中游。如果爱因斯坦的智商只有 160，我没有必要为自己的智商着急，毕竟五万人就有一个爱因斯坦的智商。但从20世纪初到现在，一百年过去了，爱因斯坦这样的科学天才只出了一个。

智商能够通过训练提高吗？似乎不能。研究表明，一个人在青春期的智商和成长到读大学年龄时的智商有高度的相关性，这说明智商有很大程度的先天性。智商和遗传有关吗？似乎有一定关系，但没有定论。

非常特殊的技能应该有一定的先天性，例如音乐才能，但如果没有后天持久的训练似乎很难达到专业水准。有一个所谓一万小时定律，加拿大记者兼作家格拉德威尔在其著作《异类：不一样的成功启示录》中举了很多例子，他通过很多案例的研究得出一个结论：任何专业技能不长期练习是不可能达到纯熟的地步的，这包括那些号称天才的人。那么到底需要多长时间的训练？至少一万小时。这就是著名的一万小时定律。“异类”，英文是outlier，是物理学中也经常遇到的词汇，意思是统计上的例外。成功人士是罕见的，所以也是异类。正因为罕见，我们才对那些天才特别感兴趣。在科学上，有牛顿、爱因斯坦、达尔文、高斯；在文学上，有但丁、莎士比亚；在绘画上，有达·芬奇、凡·高；在音乐上，有莫扎特、巴赫，等等。所以谈论天才的书不少。我记得十三年前在英国买了一本书名为《理解天才》，在这本书中作者分析了达尔文、发明火车的史蒂文森、爱因斯坦、法拉第，他得出类似的结论：天才是用功的结果。

我倾向于认为天才是存在的，但也觉得练习一万个小时是天才实现自己的必由之路。这个观点肯定不同于《理解天才》那本书试图论证的观点，但我并没有能够搜集到证据证明天才确实是存在的。原因很简单，我以为的那些自己经过努力也追赶不上的人，要么是在我从事的行业之外（如莫扎特），要么可能花了比我更多的时间“做练习”，如著名弦论家爱德华·威腾。但无论如何，很难想象即使我做了同样多的“练习”，我也能够成为威腾式的人。

回到格拉德威尔的书。他注意到一个非常有意思的事情：亚洲的数字天才多。这是因为，每个个位数，在中文中只是一个音节，1、2、3、4、5、6、7、8、9，甚至10也只有一个音节；但在英文中，3就是两个音节，而那些一个音节的数字，发音也比中文复杂。江苏卫视最近一个比较热门的电视节目《最强大脑》，其中有一位一心二用的女生，她的记忆力超强，能够记得与很多黑白琴键随机对应的数字，当然她还能记得刚刚弹过的几个音。

在成功人士中，格拉德威尔的例子有比尔·盖茨，他从中学到大学二年级，由于机缘凑巧，肯定花了一万个小时练习编程，如果没有这一万个小时，很难想象盖茨能够那么成功。

他还研究了为什么加拿大很多冰球选手都出生在年初的几个月中。回答是：加拿大是按照年份年龄选择选手的，所以出生在一月的选手比出生在十二月的选手大了几乎一岁，看起来更成熟从而更有机会得到额外的训练和进入精英俱乐部。

我还觉得，足够多的练习确实是能够将一门手艺做好的必要条件。有人问我：你什么时候觉得自己变得聪明了？老实说，不是在考上大学之前，甚至不是在大学期间。我觉得我有两个感觉明显的变化，一是读研究生期间，一是做博士后期间。假如我在大学和研究生期间每天花五个小时学习数学物理，那么我总共花了大约一万五千个小时，这么多的练习才让我知道什么是物理研究。后来又花了一万小时才让我知道什么是有效的物理研究。

基于我个人的经验，在科学研究领域，一个人博士毕业，只能算入了门，还算不上一个成熟的专家。正是基于这个考虑，我不会对一个研究生提太高的要求。

我记得徐静蕾在一篇访谈中说到演员的辛苦，表面很风光的人，其实背后不知道多苦多累，她用了一句“净看到贼吃肉，没看到贼挨打”来形容，很形象。

成功的因素还有机会和环境，没有这些，你也没有机会去做一万个小时的练习。盖茨有了父辈的支持，才可能在中学就能得到用计算机的机会。一个反例是克里斯多福·蓝根（Christopher Langan），一个智商高达 195 的人，最后只能在一个马场工作，原因是他没有得到机会。

所以，一万小时定律带来的好消息是，如果你花了一万小时（我觉得在物理领域得有两万小时以上），而你原本的智商只有 120，那么你可以达到智商是 150 的人花了同样多时间所达到的水平；坏消息是，如果你不成功，你只能抱怨自己没有花足够的时间。当然，也许你没有好机会，例如没有遇到一位好老师。不过，没有遇到一位好老师，原因大概也出在你自己身上。

最后要说一句，格拉德威尔的一万小时定律是建基于瑞典心理学家安德斯·埃里克森的研究的。另外，那本《理解天才》的作者迈克·豪也是心理学家。

以上谈论的其实不是智商，而是技能。技能是一个人在某个领域成功的必备条件。

智商不是智慧

高智商是否能够保证你在某个领域成功？当然不能。费恩曼是一位著名的物理学家，一生对那些自称高智商的人保持距离，有时甚至嘲讽他们。他说过："我的智商不够加入你们的俱乐部。"费恩曼如果真的试试智商测试，他的得分当然不会低，但是否能够高达160以上，就很有疑问了。爱因斯坦生前不可能测试过自己的智商，不知道人们是用什么方法推测出他的智商的。反正，这些影响人类历史进程的人的智商一定远远低于很多高智商者，更不用和那个名单中前十名的人比了。

有人刻意觉得科学家都是怪人，这一观点被火爆的美剧《生活大爆炸》推到极致，里面的四位极客各有各的极品性格和爱好。谢耳朵是个普通人心目中极客的漫画版代表。我有很多极端聪明的同行，不近人情的极客倒也见过，但谢耳朵这样的还真没见过。

智慧者绝对不是被漫画的极客。事实是，古希腊人是在地球上生活过的最文明的人类，他们全面发展，从体育到音乐到诗歌再到哲学。"哲学"这个词在希腊语中就是"爱智慧"，你可以看到一位军事天才同时是一位诗人和哲学家。

我曾经写过一篇文章，《智商与智慧》，那篇文章从来没有发表，我不妨将其中部分内容转述一下：

> 新一期的《三联生活周刊》在讨论翡翠的同时（这是八年前的一期），也讨论了国际门萨组织，这是一个会员比较多的高智商组织。我觉得这两个题目都比较无聊，因为翡翠只是东方人对玉石的一个最大迷思，可能在西方人眼中和雨花石的价值区别不大。而所谓高智商门萨俱乐部，纯粹是一种大脑手淫的组织——"大脑手淫"这话不是我发明的，是《三联生活周刊》这期一篇文章说的。
>
> 能够进入门萨的人，智商高是不容怀疑的。我过去在美国

曾经买过一本门萨的题目集，能够在短时间内做对的题目很少，当然，这也许和那本书中的题目都是高难题目多少有关。那么，进入门萨的门槛有多高？根据《三联生活周刊》的文章和维基分析，通过考试证明你是人类中就智商来说属前2%的就可以了。换句话说，中国人口13亿，大约有2600万人可以进门萨。门萨的会员只有十万人，五十个国家有门萨协会，中国应该是新晋。区区十万人，可见很多高智商的人没有进入门萨——他们要么不知道这个俱乐部的存在，要么不屑进入。不屑进入门萨的，我们知道有费恩曼同学。

《三联生活周刊》提到，香港人在做门萨试题的时候，80%的人可以通过，一方面说明这些人有备而来，另一方面是否证明了中国人的确很聪明？

门萨会员的一般智商到底有多高？这要看人类的2%的智商平均是多少。我查百度的门萨词条，得到解释说，门萨会员的入会门槛智商要达到148，真不知道百度的资料来源是什么。148是相当高的智商了，我不能肯定麦当娜能否达到，因为据说她的智商是140。另外，门萨的会员吉娜·戴维斯（Geena Davis）的智商也是140，可见百度胡说八道。美国影星中高智商的还有：朱迪·福斯特，智商132；莎朗·斯通，智商154。

“谁比谁傻多少？”这是我们这时代的一句名言，说明绝大多数人不认为高智商有什么了不起。在某种意义上，智商高的确不等于将来的成就大。“小时了了，大未必佳”，我们见过太多长大了很失败的神童。智商不等于智慧，充其量智商是小智慧而已，而我们寻常说的智慧是大智慧。

研究科学在需要智商的同时更需要洞见和耐心，相信这三个都是形成智慧不可或缺的因素。因此爱因斯坦说过，也许最终决定一个人成就大小的不是聪明程度，而是他的气质。气质，也许就是洞见和耐心的综合。

最后，为了鼓励一下我们自己，我要提一下：教授的平均智商是和 CEO 们一样的，是最高的，在 112–132 之间，高于医生、作家、电脑专家和工程师，后者是第二高的群体，在 108–129 之间。所以，当我们说文科傻妞时，千万要弄清楚她是不是作家，如果是作家，比我们差不了多少。我记得一位不那么有名的作家对我说过：“写作，是一件高度创造性的事情。”而所谓的新闻作家的平均智商比较低，在 97–116 之间。这些人有可能是文科傻妞。

最后，提一下情商。情商是可以单独写一篇长文的话题，这里只能简短地说几句。情商不是智商，很多高智商的人情商很低，我就是其中之一。那么，是不是说情商真的完全不同于智商？我认为情商与智商有一个很大的交集。高智商的人经常因为自己的聪明而过得比较顺利，尤其在西方发达国家，因为那里没有过多的人情关系。因为这个原因，聪明人不必对社交甚至人脉过度重视，这使得他们看上去情商很低。其实，智商中的所谓 g 因素，既然是一个各种能力的公因子，它也该是情商的公因子，包括对事情的应变能力。因此，我觉得高智商的人如果愿意，他可以获得高情商。“世事洞明皆学问，人情练达即文章”，你看，学问和文章两个词汇的出现就足以说明，情商可以通过训练获得。

体形与自控力

我不是一个审美单一的人，因此，胖美人和瘦美人对我来说都是美人。美与丑本来就很主观，并没有一个“客观”标准。有一次，我在一个讨论会上听说要研究健康和美丽基因，在座不免吃惊。先不说人类基因单一化带来的危害，我们只需要去想一想，如果天下的女人都长成范冰冰的样子，或者林志玲的样子，可怕不可怕？再说，美的标准因人因时而异。难道一旦我们改变审美标准，就得临时改变基因不成？

就拿我自己来说，年轻时喜欢的异性往往比较丰满，最好是大胸，这种“哺乳期”的审美观一直持续到四十岁。在四十岁左右的时候，看到网上有人说还是小胸美，我很不以为然。现在，我完全改变了审美观，觉得健美的身材更美，胸不宜过大，腹部要平坦，有腹肌和马甲线最好，腿要匀称有力。这个新的审美观当然会受到时尚的影响。今天，在社会越来越富足的时候，胖不再是美，健康的身材才是美。

我们每个人都容易发胖，稍微多吃点东西就会胖，这主要有两个原因，最重要的当然是遗传因素。早在石器时代的时候，人类要喂饱肚子并不容易，因此在有食物的时候必须多吃一点，被身体转换成脂肪存储起来，以备食物稀少的时候供应身体需要消耗的能量。根据选择论，自然是善于发胖的人更易存活下来，子孙更容易繁衍。那些我们羡慕嫉妒恨的、怎么吃也吃不胖的人也许是基因变异的结果，否则难以想象他们的先祖是怎么存活下来的。人类容易发胖的第二个原因是体力劳动越来越少、生活越来越富足。我小时候很少看到胖子，那时胖子是稀罕的物种，一百个人里有一个胖子就不错了。现在，没有一半也有四分之一的人或多或少地超重。体力劳动对于不发胖很关键，很难见到超重的建筑工人或快递员。走在大街上，那些将衬衫撩起来露出天然腹肌的人，往往是体力劳动者。

体力劳动本身不需要意志力，但缺乏体力劳动而靠运动去保持身材则需要巨大的意志力。我个人认为，具有这种意志力的人干什么都会成功。

最近流行跑步。事实上，类似的流行在美国早已有过，并且比我们早了二三十年。我在一篇文章中说过美国胖子多，其实，美国的瘦子，特别是健美的瘦子也多，这是因为他们很早就经历过我们眼下正在经历的：富足导致肥胖，从而健身成为日常需要。

即使你没有去过美国或欧洲，你也能够知道他们早已流行过健身，因为很多健身的方法是他们发明的。例如，我当下正在做的八分钟腹肌锻炼就是美国人发明的，网上流行其他类似锻炼方法都是大同小异，无非是让腹部的每个部分得到无氧锻炼。郑多燕健身操现在在女士中也很流行，其中涉及腹部的部分也有很多类似的动作。

我是一年多前开始减肥的，体重从 90 公斤减到目前的 76–77 公斤，大约花了五个月时间，采取的完全是控制饮食的方式。因为工作的需要，经常和同行在一起吃饭，我拒绝吃肉，甚至拒绝吃包子，有的同食者表示钦佩，另外一些同食者则感到压力，因为他们什么都吃。在那五个月中，我至少少吃了三分之二的碳水化合物，少吃了所有肥肉，少吃了一半瘦肉。但是我的目的达到了，从稍显臃肿的身材变身到正常的身材。因为我腿长，虽然我的体脂率（脂肪占体重的比例）并不算正常，但我自认为站在那里还挺好看。

五个月后，我恢复了正常饮食。所谓正常饮食，当然不是从前那种毫无节制地吃喝，而是根据身体需要吃喝。在过去大半年间，我的体重一直保持在 77 公斤左右。但是，腹部的那块挥之不去的赘肉一直让我苦恼，即使别人在衬衫外看不到，但我自己知道那块肉其实极其难看。

天无绝人之路。在我减肥成功之后，我目睹北上广的白领们掀起了健身风潮。就这样，在无数条微信朋友圈的分享中，我看到了八分钟腹肌锻炼，于是无师自通、自作主张地照着视频练习，至今仍在坚持。小腹上的那块赘肉还在，这很正常，因为要让赘肉完全消失，至少还需要很长一段时间。但我在减肥之后，先前买的衬衫明显变得宽松了，也就是说，无氧运动见效了！在无氧运动之后，我又从微博“人鱼线 vs 马甲线”那里得知，像我这样体脂率大约在 20% 的人还需要加练有氧运动，这样我就选择了慢跑。现在，八分钟腹肌锻炼和慢跑是我每天必做的事情，我相信，这种强大的自控力一定会将我带到我想到达的地方。也就是，在我过了 50 岁之后，我会拥有腹肌，将来还会拥有更多的肌肉线条。

衬衫变得宽松的同时，本来右脑侧的枕神经痛也消失了，每天的觉也好睡了，至少睡八个小时，碰到周末，我还能睡上九个甚至十个小时。我开始不理解一些年纪轻轻的白领为什么会失眠。

我一直觉得自控力的强弱是区分人类的一个重要元素。一个人活得是否轻松，他（她）是否对自己满意，是否获得世俗的成功，是否获得了经济自由，天资可能还在其次，自控力应该是第一要紧的元素。

小 S 为了减肥说过一句经常被引用的话——“要么瘦，要么死”，这无非是她自控力的一种体现。她还说过：“一个女人如果连自己的体重都控制不了，何以掌控自己的人生！”这句话当然不能做字面上的理解。如果一个女人已经知道身体健康的重要性，已经知道体形在各种场合的重要性，她还不能够控制自己的饮食，不能积极去运动，那么我们可以说她是无法掌控自己的人生的。

我不会建议大家去读健康心理学家凯利·麦格尼格尔的书《自控力》，尽管这是一本好书，励志且开阔视野。我现在做的是，在微博和微信上吆喝“好女不过百”或者“有马甲线的女人最美”，无非是为了唤起大家重视自己的体形，从运动和适当饮食之中发现一种节制的快乐。毕竟，美不是最重要的，最重要的是我们身体和心理的健康。

未来就在眼前

有一天，打开微信，我被大量关于影视明星的八卦新闻淹没，这是我最害怕、最讨厌的社交网络从众现象。未来，越来越多的时间将被浪费在这种从众或被从众的全民狂欢中。

这种未来，肯定难以规避，并且将发展到极致，即越来越多的人成为狂欢中的一滴泡沫，直至人数被最大化——我很想看到这个最大人数是多少，因为这个比例也许就是人类社会彻底智能化之后失去自我的人类的比例。

“未来就在眼前”，是一种流行说法。更加通行的翻译是“未来早已发生，只是尚未普及”，这是科幻作家威廉·吉布森经常被引用的一句话。但愿真正的未来不是我们今天所经历的，而是更加正面的未来。我明知这是不可能的，因为人性永恒不变。

只有为数不多的人能够看到已经发生的未来。多数人看到的是现在，

20 世纪 90 年代末，多数人看到了互联网；六年前，多数人看到了微博，因为其时推特（Twitter）已经流行，新浪微博虽然草创但流行是不成问题的；现在，我们都看到了微信，可是三年前谁看到微信是社交网络的未来呢？恐怕张小龙本人也没有看到。技术的加速发展导致未来很快到来，只需要三五年。看看过去的技术普及历史：爱迪生虽然早在 1879 年就发明了实用电灯，美国都花了近半个世纪才普及。电灯在中国城市的普及是在我出生的时候（大概在 20 世纪 60 年代初），我小时候去乡下，大家还点着煤油灯，直到 20 世纪末电灯才在中国农村普及。再看智能手机，第一代 iPhone 是 2007 年发布的，现在，几乎人人手中一部智能手机，少数不用的人是为了坚持“传统”，倒不是买不起。看来，改变我们生活的主要技术和应用，从发明到普及的周期确实在以指数的方式缩短。

没有人能够看到三年后将是什么新的社交应用取代微信，也许微信本身的活力催逼它自身不断革命，就像谷歌（google）至今依然维持着搜索界的霸主地位，但它是以不断变化以及不断扩展边界，如收购 YouTube 和摩托罗拉来维系其霸主地位的。我们已经看到，腾讯和微信正在做同样的事情。因此，我觉得主导中国的社交软件在可见的未来仍然是微信，如果他们将口号“微信是一种生活方式”贯彻到底，他们将维持霸主地位。即使如此，我们依然很难预测三年后微信将变成什么样子。

我个人对未来一向持乐观态度，当然这种乐观是有限的乐观。首先，一部分人将被技术异化，这部分人数可能不少。自身缺乏意志力的人，很难不将大把的时间浪费在社交应用带来的那些泡沫和垃圾上，但我们不必为此悲观，因为在移动网络之前有同样多的人迷恋网游，无论是买得起电脑的还是买不起电脑的，买不起电脑就去网吧。迷恋电子游戏的人没有成为废柴，将来，迷恋社交网络的人也不会成为废柴。在电子游戏兴盛之前，有一部分人迷恋电视，这种人在美国被称为“沙发土豆”，通常处于下层或中下层，肥胖，不爱运动。

移动网络不过是未来多数事物被非物质化的前奏。现在，照相机几乎消失了，手表也几乎消失了——除了少数戴名表展示身份的，电视也正在消失，有人担心纸质书将要消失，图书馆部分开始消失。未来呢？可以想象，信息获取的方便将使得医生和医院消失，我们每个人配备智能诊断设备，自己做自己的医生，自己为自己开药方，甚至可以凭借类似 3D 打印机的设备自己给自己制药，而所有这些设备也许就是一部手机或者更加先进的东西。你的生活用品部分可以自己制造，另一部分通过网购。而彼时的网购也将不同于现在，比如没有人为你送货上门，你需要的只是制造货物的程序，靠购买得到。

既然一切那么方便，我们还需要工作吗？需要。那时，多数人将从事服务行业，那真是人人为人人服务的时代。我很难想象我们将为他人提供什么样的服务，因为十年、二十年之后，世界将变得“面目皆非”，没有人能够做出准确的预言。

但有一点不会变化：我们还将需要交流。那时，你打开最好的社交网络，跳出来的一定是关于谁谁的八卦立体影像，或者随便什么最新潮的八卦媒介。我们将以什么样的人作为八卦对象呢？这也是一个谜。

霍比特人与未来城市

我看托尔金的《霍比特人》，当然是冲着他写《指环王》的名声去的。看完之后我对托尔金更加佩服，原来语言学教授写自己的长篇小说处女作也能如此与众不同。

世纪文景将新版《霍比特人》寄给我，我写了书评，从此对奇幻类小说另眼相看。

《霍比特人》被拍《指环王》三部曲的彼得·杰克逊拍成电影。在中国上映的第一部《霍比特人：意外之旅》好评不多，很多人说冗长，有些人说不好看。我觉得说不好看的人可能没有看过小说，与小说没有“感情”。杰克逊将一部不算特别长的小说拉伸成三部曲，当然会添加小说中没有的东西，有时还故意拖长场景。例如，小说中只占一章的《不速之客》到了电影中竟然放映了近 40 分钟，虽然开头添加了矮人过去的历史。

平心而论，如果你没有看过《指环王》，《霍比特人》的电影还是很好看的，至少3D效果比《西游·降魔篇》强多了。电影正好拍到小说的三分之一处：小说共有十九章，电影的第一部拍了六章，也添加了很多小说中没有的内容，其中有的来自托尔金后来的作品，有的是导演的私货。尽管被很多人评为冗长、不好看，豆瓣的打分还是过了8分，IMDb的打分也有8.2，这是很多国产片梦寐以求的分数。

2012年12月中旬电影就在欧美上线，在中国却推迟到2013年2月份，中国观众只好先在网上一睹为快，我当时也是这么干的。直到3月7日，我才进影院看了IMAX版，写影评也就太晚了。好在，托尔金的想象力总是我们取之不尽的源泉，下面是我在《霍比特人》启发下写的一篇关于我眼中未来城市的短文：

> 假如我在冬眠一百年后醒来，睁开眼，我可不希望看到几个穿着闪亮制服的护士或技术人员围着我，拿着一些我看不懂的仪器，对我说："欢迎回到醒着的世界。"哪怕她们都很漂亮，我也不喜欢。
>
> 其实就一句话，我很害怕在科幻电影里看到的那种未来世界：城市中高楼林立，交通分成若干层，有地下的，有地上的，有很多空中层的。这种场面看上去很科幻、很未来、很闪亮，但我总觉得里面有什么不对。
>
> 理想情况是这样的：我按照约定的时间醒来了，为了不造成文化休克，还是将我醒来的环境模仿成我冬眠之前的卧室。世界上没有什么地方比我家的卧室能给我提供更多的安全感了，西方人说"home, sweet home"，中国人说"金窝银窝不如自己的狗窝"。
>
> 彼时的城市是一个很大很大的村落，里面有好多好多不同

的居住区，可以将一个居住区称为“某某人居留地”，我家所在的居留地有点像霍比特人的小丘，就像《霍比特人》中写的，这是最后的家园，或毋宁说是最初的家园。我的家是一个洞府，中国人的圆洞门，其实也是霍比特人的洞开的那种门。不错，霍比特人的洞就意味着舒适。进门两边都是挂钩，这是给客人预备的，他们进门的第一件事是去除他们身上的各种装备。当然，可以用自动门代替挂钩，但请别在每个自动门上配备机械手，让这些冷冰冰的机械手帮助客人脱衣服。我觉得，通过脱衣服的动作可以让主人判断出客人的性格是急性的还是优雅从容。另外，客人在除掉衣帽的过程中享受一下安逸的感觉，同时呼吸一下我家的某种气味。

当然，两边都是客房，我的房间可以掺杂在客房之中。美食和美酒是必不可少的，客人可以通过最先进的仪器来判断哪种美食美酒最适合 Ta，当然 Ta 有用自己鼻子的权利。我家有三个书房，第一个是传统书房，里面的书架上排满了我冬眠之前喜欢的各种诗集，也有空间留给在我冬眠之后发表的好诗集和好小说。至于科学论文就免了，让它们待在那时的量子电脑中。再就轮到了第二间书房，这里其实什么也没有，只有空气。我或客人进去，通过意念从看不见的量子电脑中调出任何一本书、任何一部电影、任何一个个人编年史。桌子和椅子也通过意念形成。当然，意念必须具备某种特定形式，否则杂念的涌现会让书房突然变得乱七八糟。还有第三间书房，这间书房用于我和客人举办小型阅读会或私人朗诵会。

走出我的洞府，外面洒满阳光，我希望是在农业文明刚出现时的那种阳光。远远地，可以看见炊烟。如果我愿意，可以步行在两边是花草的乡间小道上，慢慢地走，一直走到有炊烟的地方。如果我想省事，我当然可以用上我的伞，下雨时可以用，大太阳天也可以用。撑开我的伞，身子已在半空，当然这不是我的创意，是《G型神探》里早已出现的场景。我的身上也许有一万四千个机关，这些机关偶尔才会用到。我还是喜欢几万年前先民的那种生活方式，当然，是在免于野兽侵害的前提下。

这就说到生活的多样性。我所在的小丘都是由喜欢享受霍比特人生活的人聚集而成的，我所在的城市也是由喜欢回归到慢节奏生活方式的人聚集而成的。这个城市有各式各样古老民族的村庄，但他们同时装备了当时最先进的机关。

在这个城市之外，还有各式各样的城市。比如说，有一个城市就和20世纪30年代的纽约一模一样，暗地里也有所有的先进机关。另一个城市像公元720年的长安，有时，我会去那里度假，我会在街上遇到饮酒的李白——当然只是一位新的诗人，还会在郊区遇上和杨家姐妹一样漂亮的女子。

是的，那时地球上布满了人类历史上各种各样的城市。但是，我还是最爱我的城市，在这个城市的所有村落中我最爱小丘，那里有我的洞府，装满了美食美酒。

智慧发芽

留在泛黄的书页中

将来也要发芽的

智慧

极客大爆炸

记得在一次谈论《生活大爆炸》的欢乐聚会上，某影评人兼剧作家评论说，《生活大爆炸》的角色集中了美剧的几大元素，这几大元素分别是：一个好人、一个坏人、一个贱人，还有，一个呆子。

如果我们请任何一位《生活大爆炸》的忠实观众将剧中人一个个对号入座，很容易凑齐上述四种人。好人应该是个子较矮的高智商舍友莱纳德；坏人是那位个子较高智商更高的舍友谢尔顿——因为他的高超表演，中国观众亲切地叫他“谢耳朵”，他也成为高智商、研究最难科学、按照自己严格科学标准生活、不近人情的极客代表；贱人自然是那个表面花心，其实内心柔软的犹太人霍华德；呆人是见到女人，不喝酒就说不出话的拉杰。

这些人都生活在洛杉矶郊外的帕萨迪纳，也就是说，他们都与加州理工学院有关，这个学院以本科学生平均智商全美第一著名。我不记得准确的平均智商数了，可能在 145 上下吧。目前，我女儿有幸在这所大学读研究生，当然，我不是暗示她的智商达到了 145，因为我还没有拿到加州理工学院研究生平均智商的数据。

谢耳朵是个普通人心目中极客的漫画版代表。经常有人问我：生活中有这种人吗？我怎么回答呢？我见过高智商的同行——对了，谢耳朵的研究领域与我严重重合：弦论、粒子物理和宇宙学——也见过不近人情的极客，却真的没有见过通过严格计算决定自己沙发座位的人。有没有对女人不感兴趣的同行？当然有。

2007 年，我看第一季第一集的时候，以为矮个子好心人莱纳德将是主角，因为他表演不错，而且在高智商精子银行勇于捐精，见到新来的邻居潘妮勇于勾搭，还上演了英雄救美不成，被扒到只剩下内裤的喜剧。结果我错了，扮演谢耳朵的吉姆 · 帕森斯演技更高，他将一位满口技术名词、总是挽起袖子或总是在一件内衣上套一件短袖 T 恤的家伙演得淋漓尽致，以至于他拿了艾美奖再拿金球奖然后又拿了一次艾美奖。是的，这个生活中并不存在的极客现在成了极客的最高代表。

虽然谢耳朵这人并不存在，但剧中提及所有的科学都存在，这我敢打赌。比如说，一次有一位科学爱好者拿了一张图片，上面是谢耳朵在宿舍写的白板。她问我白板上写的是什么。我告诉她，是一些计算粒子散射的费恩曼图，公式没有错，图也没有错。《生活大爆炸》是如何做到在科学上不犯错的？首先，两位编剧极其认真，不是科学盲，经常看科学新闻，参考大量的科学资料。同时，在物理学上，遇到一个剧集含有很多科学或出现白板时，加州大学洛杉矶分校的大卫 · 萨尔兹伯格教授会认真核实细节，他是一位粒子物理学家。谢耳朵女友艾米 · 福勒在剧中是一位神经科学家，该演员实际上也获得了神经科学博士，她对剧本涉及神经科学部分也有贡献。

《生活大爆炸》首先是一部成功的情景喜剧，虽然不一定是最好的，但拿到中国来，肯定胜过我们看到的国产电视剧很多。这部电视剧对传播科学起到任何其他方式都不可能起到的作用，甚至科幻剧也代替不了它，所以，编剧之一布拉迪就获得过加拿大的科学传播奖。由于电视剧经常提到物理学新进展，喜欢科学特别是物理学的人应该追看这部美剧。

我个人感激编剧、导演，特别是演谢耳朵的吉姆·帕森斯，是他们让我研究的学科变得家喻户晓。

我虽然不那么喜欢生活中的任何谢耳朵型的人物，但谢耳朵确实给我们带来一种前所未有的享受，极客能够成为喜剧人物本身就是一种突破。说实话，虽然很多人未必同意我的观点，我觉得潘妮还是很好看、很性感的，虽然她的智商可能不会超过 105，甚至在 100 左右，她经常抛出来的话却是打击谢耳朵的利器，因此，我会为她的智商加上 20 分。

至于霍华德的女友后来的老婆伯纳黛特呢？好吧，通过刻苦学习，她从潘妮的端盘子的同行变成了微生物学博士，还拿着很高的薪水，但我对她完全无感，倒是她老公、航天工程师霍华德很可爱。

当然，这里不能不提谢耳朵的女友艾米。她不好看，对吧？但她很抗打击，她的学问极好，她能爱上谁也不会爱的谢耳朵并心甘情愿。她还懂得欣赏潘妮，这个我喜欢。

说到这里，回到开头提到的高智商。莱纳德的智商到底有多高？173！高于爱因斯坦的智商哦。那么谢耳朵的智商呢？吓人的 187。但别被表面的数字吓住了，谢耳朵见到智商不如他的霍金那也是诚惶诚恐。

我不羡慕他们智商的数字，让我羡慕的是另一种数字。在开始的时候，三位主角——演谢耳朵的帕森斯，演莱纳德的格雷奇，演潘妮的库奥科——每集的报酬是六万美元，到第四季每集二十万美元，然后每隔一季每集涨五万美元，如此算来，到第十季他们的薪水将涨到每集三十五万美元。果然是薪水大爆炸啊，羡慕死国内演电视剧的了。

平行世界的六重奏

《云图》是2013年评价两极的第二部片子，第一部是《一代宗师》。也许因为听说《云图》结构复杂不易理解，也许中国人尤其是年轻人对其中的文化元素和东方元素非常感兴趣，看的人并不少。虽然片子在中国上映期比欧美晚了三个月，在欧美票房不理想的情况之后，中国票房还是超过北美票房。

作为科幻迷，一听说这部片子争议这么大，而复旦大学中文系的严锋教授极其推崇它，我就不得不看了。在上映前，我在网上先看了这部片子。在微博上，我最早的评价是这样的："《云图》第一遍，没看懂。通过百度、谷歌，知道逻辑关系了，再看第二遍，每一小节的衔接达到叙事手法的极致。人与宇宙的关系、平行世界的关联、自由与束缚宿命纠缠、没有自由意志的人即复制人的寓意，我觉得此片是好电影。也许在电影院看了之后，我会评价其为伟大的电影；不是畅销片，可能将成为常销片。”

进影院之前，我在网上看了两遍，之后，我开始读小说，小说读到三分之一，我进影院看被删了35分钟的中国版。我对此片的一句话评价不变：将成为常销片。在影院看了电影后，我也读完了这部了不起的小说。

电影改编自大卫·米切尔的同名小说，小说发表于2004年，得过不列颠图书奖中的文学奖，被提名了布克奖、星云奖和克拉克奖。电影的编剧是沃卓斯基姐弟和汤姆·提克威，导演也是这三人，这个阵容没得说——沃卓斯基兄弟是《黑客帝国》三部曲的导演，提克威是《罗拉快跑》的导演。

那么，为什么在著名小说和著名导演的强大后盾下，影片在北美票房不佳，评价两极？我认为，票房不佳的主要原因是电影看第一次确实看不大明白，虽然整个故事——六个故事的蒙太奇叙事法并不复杂。问题是，即使看懂了叙事，也未必看出导演的用意。有人说，六个故事都很一般，导演想做啥？这是关键。在北美，观众又没有网上的片子可以看，所以，口碑不好的片子自然票房不会好。而在中国，片子推迟档期，观众可以先在网上看，比如我，就会先理解六个“平凡”故事后面不平凡的用意，这样进影院的概率大增。这年头，进影院的目的不是看故事，而是看效果，将自己置身于声画音乐的极致中。

六个故事，影片利用蒙太奇平行叙事，故事的主题类似，都是善与恶的缠斗，结尾多数是光明的，少数不是（两个）。电影基本忠实于原著，但改动的地方明显。小说也用了不寻常的方式讲了六个故事：

先从第一个故事讲起，讲到中途戛然而止，接着讲第二个故事……讲到第六个故事时，才完全将这个故事讲完，接着讲第五个故事的后半段，第四个故事的后半段……第一个故事的后半段。

小说是迷人的，作者的文学、历史和音乐修养非同寻常，我想这是西方作家的共同特点，只是米切尔在一部小说中将这些能力同时发挥得淋漓尽致。《云图》来自小说中第二个故事主角作曲家罗伯特·弗罗比舍的音乐作品《云图六重奏》，作曲家的佛教轮回观极重，小说取这个名字也说明了作者的宗教观。同一个故事，不同的声部、不同的旋律、不同的变奏。

编剧兼导演沃卓斯基姐弟很难在电影中直接套用小说的手法。如果讲六个故事，每个故事用直线叙事，那么六个故事之间的联系很难打动观众。如果先将每个故事讲到一半接着讲别的故事，效果肯定是灾难性的。根据《纽约客》的一篇文章，沃卓斯基姐弟先将小说的故事剪成无数片段放在地板上，不断地重新组合，一直找不到最好的剧本叙事方式，直到有一天他们突然想到，用同一个演员演不同的角色就可以呈现小说的主题：永恒的轮回。所以，每一个演员扮演的不是具体的角色，而是灵魂。为了表达轮回没有界限，一个演员的不同角色可以是白人、黑人和黄种人，甚至男人和女人。

于是，六个故事被打碎成片段，在电影中通过蒙太奇手法平行地叙述着。有时，上一个故事人的说话变成下一个故事对应人物的动作，或者相反；有时，上一个故事的一个动作，如射击、扳动手枪，变成下一个故事类似的动作的继续。另外，导演用星美的几句格言式的说话展示影片的主题，最引人注目的是：

“我们的生命不仅是我们自己的。从子宫到坟墓，我们和其他人紧紧相连，无论前生还是今世。每一桩恶行，每一项善举，都会决定我们未来的重生。”

“我相信死亡只是一扇门，当它关闭时，另一扇就会打开。如果让我来想象天堂，我会想象那扇门打开了，在门后，我会发现他就在那里，等着我。”

“只有通过别人的眼睛，才能了解我们自己。我们生命的不朽性质在于我们的言语和行为的后果。”

“恐惧、信仰、爱，这些都决定着我们的人生走向。每件罪行、每件善举，都造就了我们的未来。”

星美的每一句话都震撼人心，关键在于，这些话出于一个本来连话都不会说的克隆人之口。星美只是星美基因株培养出来的第451号克隆人，她不需要会说话，她不需要会思考，更不能有自由意志，她基因中早就被植入在“宋老爹餐馆”服务的功能，而这个餐馆是一家在“公司国”里的餐馆。在这个反乌托邦的设定中，公司国是人类衰落之前的一种国家形式，在这个国家里，纯血人才是有地位的真正的人，克隆人是纯血人的奴隶，所以不需要有思维能力和自由意志，为了去除他们冒出自由意志的可能，他们每天喝的速补有去除记忆的功能。说到自由意志，我们又会想起《黑客帝国》中的那些摆脱机器控制的觉醒了的人。在电影中，星美是在先觉醒的幼娜－939启发下觉醒的，在小说中，情节也大致如此。但幼娜和星美进化过程的背后是黑色的，导演略去了这一点，而用星美与张海柱的爱情取代了黑暗。

我完全赞同严锋教授的话，这部电影本身就是一部复调音乐，它有六个声部或六个故事，故事相辅相成，因为一个故事中的人物会成为另一个故事中的另一个人。有些人一直是善的，有些人由善变恶，或者由不善变成巨恶。雨果·维文扮演的角色就是这样，从第一个故事中的殖民地地主，最终演化成第六个故事中的恶魔老乔治；由恶演变成善的灵魂的典型是汤姆·汉克斯扮演的谋财害命的医生到人类衰落后山谷人扎克里。

既然电影是一部影像化的音乐，电影音乐也是很重要的，据说导演之一提克威在片子开拍之前就创作好了主题音乐。

小说的特色我就不多说了，但想提示读者一下，尽管表面上看是科幻小说，六个故事只有两个涉及科幻，即第五个故事《星美 -451 的记录仪》和第六个故事《思路岔路口及之后所有》。小说用了纯文学手法、惊悚故事和科幻。大致来说，《亚当·尤因的太平洋日记》和《西德海姆的来信》是纯文学，《半衰期：路易莎·雷的一个谜》和《蒂莫西·卡文迪什的苦难经历》是惊悚故事，而《星美 -451 的记录仪》和《思路岔路口及之后所有》含有科幻元素。在我看来，这些都是纯文学。

最后，我就不复述六个故事的梗概了，我摘录几段原著中的话让读者体会《云图》的内涵——尽管本人的翻译不尽如人意。

> 一个人创作音乐是因为冬季永无休止，是因为如果不这样做，狼群和暴风雪就会更快地扑向他。
>
> 罗马帝国会再次衰落，科尔特斯会再次蹂躏特诺奇提特兰城（编者注：墨西哥特斯科科湖的岛上古都遗址，阿兹特克的首都），尤因会再次远航，艾德里安会再次被轰成碎片，我和你会再次睡在科西嘉的星空下，我会再次来到布鲁日，再次爱上伊娃，再次失恋；你会再次读到这封信，太阳会再次变得冰冷。尼采的留声机唱片播放结束时，为了无穷无尽的永恒真理，撒旦会再次演奏它。
>
> ——《西德海姆的来信》

她相信风水、《易经》或顿悟之类的东西才是最好的，但是梅根拥有超凡的头脑。

你每用一个科学术语就代表着有两千个读者放下杂志然后打开电视看《我爱露西》。

——《半衰期：路易莎·雷的一个谜》

那时候整个世界很大，但是对于这种渴望还不够强烈。这种渴望让前辈们冲破天空，让海洋沸腾，用疯狂的原子毒化土壤，顽固地播撒腐烂的种子，于是孕育了新的灾难，小孩生下来都是怪胎。最后，令人心痛的是，很快，国家分裂成野蛮的部落。

相反，悉达多是一个死去的人，活的理想。他教大家克服痛苦，改变将来的转世投胎。

不断学习的头脑才是活着的头脑，麦克尼姆说，而且任何形式的智慧都是真正的智慧，不管是老的还是新的，高等的还是低等的。

——《思路岔路口及之后所有》

行到水穷处

——超越科学的边界

很多事情，经不住追问。成人会追问，孩子会追问。孩子的追问更加直接，直指问题的核心，几个问题接连一问，无论是家长还是别的什么人，一定就答不上来了。

好在，我的儿女从来没有追问过我什么，估计他们自小就对我的工作不感兴趣，我也很少读床边故事给他们听，这样免去了很多不得不编造答案的尴尬境地。现在，他们成人了，都在学习，我想他们小时候肯定自我追问过，现在同样在追问。

我们为什么会答不上来自己的最后追问，或者孩子的最后追问？因为，几个问题连续一问，我们马上就会问出所谓的终极问题，即没有答案的问题。

比如说，微博上曾经有一位成人代她的孩子问我。孩子先问的她。

第一个问题是，有比太阳更远的东西吗？答案是：星星啊。第二个问题是，有比星星更远的东西吗？答：有啊，那些我们看不到的星星，都藏身在像银河一样的星系中，有的星系用望远镜是可以看到的。接着是第三个问题，有比星系更远的东西吗？答案是：有啊，宇宙好大呢，还有一些眼睛看不到的东西。第四个问题就到终极问题了，即，宇宙之外是什么呢？这位家长答不上来。她将这个问题转给我。其实我也答不上来，有答案的问题就不是终极问题了。一个问题也许曾经是终极问题，一旦能回答就不再是了。但我还是强迫自己回答，我说："有几个可能的答案，如，宇宙之外是别的不同的宇宙；或者，宇宙之外的宇宙其实还是我们这个宇宙（就像球面的北极，北极之北就开始向南走了，或者轮胎面）；或者，宇宙之外的宇宙不独立于我们的宇宙，是我们的宇宙的镜像。"在给出这几个可能的回答之后，我自己也不满意，因为我自己也觉得这些回答可能都不靠谱。

当然，上面这个问题是科学问题，是一个不仅好奇而且还很聪明的孩子问的。普通孩子问得更多的是和自己有关的问题。最常见的当然是：妈妈，我是怎么来的？我小时候得到的回答是：你是妈妈生的啊。接下来自然问：你怎么生的？我妈妈骗我说：是从腋窝下出来的（我们的家乡话是胳肢窝）。问到这里，我就相信了。有时，我会重复问这个问题，我妈会不耐烦地说："你是从垃圾堆里捡来的。"

我妈的两个回答都是偷懒的回答，用欺骗代替回答。这个问题，相信很多人都问过自己的父母，得到的答案大同小异。你能期待他们怎么回答呢？如果如实道来，他们知道接下来的问题就更加不好回答。当然，这个问题继续问下去不会涉及终极问题。我女儿小时候从来没有问过我们这个问题，等她上小学，美国的学校已经教给她了，她就更不会问了。

可是，这个问题问下去果真不会涉及终极问题吗？

当然会。

因为，即使你将男女的精子和卵子的结合交代了，下面还会有问题。人一直是这样衍生后代的吗？这就像先有鸡还是先有蛋的问题。有没有第一个人？问题问到这里，就有意思了，因为在这里，下面的问题会分岔。你可能会接着问：哺乳动物是怎么来的，是怎么从卵生动物发展来的？你也可能问：智人是怎么从直立人发展过来的？是进化的必然，还是偶然的基因突变？很快，你就问到终极问题了。

上述两个问题一个是科学问题，一个与自己直接相关，但最后还是一个科学问题。其实，更多的时候，我们问的问题和科学没有直接关系。

比方说，当你遇到不愉快的事情时，当你开始怀疑自己或怀疑自己的生活时，你就开始问：我来到这个世界上，究竟是为了什么？这个问题，干脆就是终极问题了。当然，你不会这么认为，你以为这个问题有答案。你可能会对自己说：我来到这个世界上，是为了过好的生活，钱挣得多多的。假如在你这么回答时，你确实处于要挣钱的状态，那么这个回答是一个你自己能接受的回答。接下来，你揣着这个回答去挣钱，这样挺好，至少你暂时从困境中解脱了出来。但是，如果你已经是一个有钱人了，你是不会对这个回答感到满意的。你可能会想要更好的社会地位，于是你为一个更好的社会地位去努力。如果你既有钱又有社会地位了，你怎么回答这个问题？也许有人会说：既有钱又有社会地位，就不会问这个问题了。不然，很多有名有利的人会问这个问题，而且他问得更加辛苦，因为，一切都有了，他会觉得空虚和失落。这样，他的问题就成了终极问题。

作为一个做科学同时又喜欢艺术的人，我会这么回答这个终极问题：

爱科学或爱艺术，或同时爱这两者，你的生活就会更加充足。我确实认为这是对人生意义这个终极问题的一个不错的回答。但是，它真的是唯一正确的回答吗？我不觉得，相反，我觉得人生意义确实是一个终极问题，没有答案。一个人，活在世界上，寿命是有限的，钱和社会地位或者名声在死之后不再有任何意义。那么，科学研究或者艺术创作不是有更加长久的意义吗，不是在死后还会让人类获益的事情吗？问题是，我们知道，人类和文明也会终结，即使我们不毁灭自己，在大约 50 亿年之后，太阳也会成为吞噬地球的红巨星，或者，宇宙在若干百亿年之后也会终结。

那么，人生有意义吗？更进一步说，宇宙的存在有意义吗？存在的意义，当然是所有终极问题中最难回答、最让人困惑的。

科学能回答“意义”的问题吗？当然不能，因为科学是实证的，而“意义”问题不能分解为任何物理命题，或数学问题，或生物学问题。在“意义”这个问题上，宗教开始介入了。

哲学也关心意义问题。我们知道，哲学从来都和宗教无法分开，更加一般的，艺术和宗教也是同源的，它们都起源于人类（或许仅仅是智人？）对自己处境的追问和试图回答。科学再发达，我们也难以逃避对意义的追问，人类存在一天，就一直会有艺术，甚至宗教。

据说，目前的中国，基督教徒很多。就我所见，佛教徒也不少。宗教在中国的复兴，当然与人们的困境以及企图脱离困境有关。今天，很多人解决了物质问题，解决了生存问题，有了房子有了车子，接着该问的，就是生活的意义了。过什么样的生活更有价值？在物质生活之外我们还需要什么？我觉得，基督教对中下层人更有吸引力，而佛教对生活优裕、有了名有了利的人更有吸引力。在这里，我们不谈那些为了俗世利益“信教”的人，对这些人来说，求神拜佛与崇拜权力、利用社会关系让自己获得更多的物质利益没有什么不同。

在生活中，我们不仅要和无聊做斗争，我们更多的还要和环境做斗争，要和欲望做斗争。这就涉及另一个人生的重大主题：自由。我认为，自由是谈意义的前提，如果连自由都没有，谈意义简直是奢侈。

环境压制我们，这个问题无须多说，类似地，资本也是现代社会的奴役势力。我想说说欲望对人的奴役。每一个人，几乎每时每刻都在欲望的驱动下做事。司马迁就说过：“天下熙熙，皆为利来；天下攘攘，皆为利往。”欲望驱动我们不停地工作，不停地焦虑，不停地让自己放弃做一些对自己身心更有益的事情。所以，欲望也是对自由的一种压迫。

我们前面谈到，在中国，宗教在复兴，这很符合目前社会的发展阶段和人们的需要。在西方发达社会，宗教一直是一个不可忽视的存在，除了传统的基督教，西方对东方宗教越来越重视，例如佛教和印度教。在全球化的今天，资本的奴役使得人们一直在谈论自由和意义这两大主题。所以，在最近的一些电影中，我们看到东方宗教与科学一道成为主要元素就不奇怪了。

在国内公映的片子，涉及宗教的有好几部。我这里想谈的有两部，第一部是《少年派的奇幻漂流》，第二部是《云图》。在我看来，这两部都是好电影，值得一看再看以至于三看。第一部获得观众的普遍好评；第二部却好坏参半，在美国公映后影评人也分成两极，芝加哥的著名影评人罗杰·艾伯特就给出极高的评价，却被《卫报》说成是一场灾难。《少年派的奇幻漂流》获得第 85 届奥斯卡的 11 项提名，《云图》没有获得任何奥斯卡提名，只获得金球奖的最佳原创配乐提名。尽管如此，我毫不动摇地认为《云图》将成为一部经典电影。

《少年派的奇幻漂流》内容并不奇幻，除了主角在海上一个人与一只孟加拉虎漂流了227天后到达大陆这件事奇幻；也许，故事接近最后的时候，出现了一个完全由植物组成的绿岛也算奇幻。看了电影，尤其是读了小说后，你会相信这个故事在现实中是可能的。这个故事主要讲述了“信”的力量。主角少年派·帕特尔和一家人坐船从印度移民加拿大，船中途遇风暴失事，只有他、一只跌断了腿的斑马、一只鬣狗、一只猩猩和一只孟加拉虎在救生艇上幸存。后来，鬣狗吃了斑马，咬死了猩猩，接着虎咬死了鬣狗，就剩下帕特尔和虎斗智斗勇了。帕特尔一直在父亲开的动物园生活，他利用对动物的知识，“驯服”了虎，与虎相安无事地在海上漂流了大半年。

观众一直在争论，这只虎代表了什么？有人说代表了邪恶。如果你读过马特尔原著，你会觉得这只虎很可爱，最后，它竟然发出了一种鼻音，这是猛兽很少发出的声音，表示惬意和友善。当然，猛虎不会改变它的天性，所以帕特尔需要时时满足它的饮食需要，同时也让它知道自己的疆界在哪里，谁是真正的主人。虎，其实代表了人的欲望和野性。

帕特尔小时候就同时信了三种宗教——印度教、基督教和伊斯兰教。在他看来，所有宗教中的上帝都是同一个，小说除了描写了他信教的过程和各种宗教的一些细节，并没有说明帕特尔心中的上帝是什么样子。我想，凭借上帝这种力量，才让他活过海上种种艰险。李安自己承认，他并不信教，但他对信仰产生了好奇，所以拍了这部片子。电影虽然比小说少了很多精细的描写，却多了大海、虎和人的一些美丽镜头。

有些形而上的东西也许只存在于人的心中，在不断的追问下，你觉得找到了它，但它不可能通过科学的实证来证明。事实上，即使在科学中，逻辑学家哥德尔早就证明了，也存在一些命题，不能通过有限的逻辑步骤被证明或证否。

《云图》的三个导演中有两个是沃卓斯基姐弟，他们过去合作过《黑客帝国》三部曲。在《黑客帝国》中，通过科学幻想，他们提出了人（或未来人）也许活在一个虚拟的世界中，一切都是被设计好的，包括人的生活、五感，甚至思想和行动。只有少数人觉醒了，有了自由意志，有了被自己主导的行动，这些人总被“系统”清除出去，他们维护自己的领地，并不断去解救生活在母体中觉悟了的人，不断抵抗系统毁灭他们的领地的企图。

《云图》的主题之一也是自由。在六个不同时代但偶有联系的故事中，争取自由的人反抗维护既得利益者的秩序是不变的主题。第五个故事将秩序发展到极致，那时，地球分裂成各种不同的国家，其中有一个地方叫“公司国”，我不知道小说原作者取名“公司国”的用意，也许是想说未来资本将是独裁的根源。在公司国中，克隆人服务于纯血人。星美 -451 就是一个克隆人，在初期，她只是星美基因株在培养基中培养出来的第 451 号人，基因只输入了为纯血人服务的信息。可是慢慢地，她获得了其他能力，如说话和思考，最后有了自己的自由意志。她也看到了上一个反抗压迫的故事，启发了她的觉醒。在星美的反乌托邦的故事中，我看到了对真实存在的寓言。大多数时候，我们自己觉得自己有自由意志，却没有意识到很多想法和行动是社会的植入。在自由对秩序这个主题上，《云图》继承了《黑客帝国》。

沃卓斯基姐弟继承并放大了原小说中的一个主题，轮回。灵魂是否有轮回是无法证实的事，是佛教信仰的一个中心观点。电影通过蒙太奇的方式以及一个人饰演多个角色的方式凸显了轮回这个主题。我觉得《云图》的三位导演成功了，无论是在艺术上还是在传达想法上。艺术上，这部电影开创了一种叙事方式，六个故事平行进行互相关联，真的就像电影的主题音乐《云图六重奏》。也许有人觉得每个故事都很平淡无奇，但将六个故事以平行的方式讲出来就很与众不同了。

不论你是否有信仰，不论你是否相信解脱和轮回这些形而上不可证伪的观点，你知道这些都是值得认真对待的事情，也许会帮助你学会对待困惑和失落。因为，“人生有意义吗？”这样的终极问题其实没有答案，答案只在不断追问中。一个恶人，如果多了这个追问，也许会少作恶甚至不再作恶。将信仰变成迷信企图贿赂神佛，对自己的生活一点好处也没有。

我做了半辈子科学研究，一直将实证作为科学的标准。不久前还有人问我：“你有宗教信仰吗？”我依然回答：“我是不可知论者。”但是，从近代科学发端到现在，也许直到几百年之后，科学不可能回答与人本身有关的终极问题。有人说，生活有三个层次，第一个层次是物质生活，第二个层次是精神生活，第三个层次是灵魂生活，这是有道理的。

诺兰的怪圈

一个瀑布落在一个水槽中，水顺着水槽向前流了一段，左拐，又继续向前流了一段，右拐，再向前流，然后左拐，再流了一段形成瀑布落在一个水槽中。后来的瀑布就是原来的瀑布，这样，水的走向形成一个封闭的圈。在现实中，这是不可能的，水只能向低处流，越流越低，不可能形成一个闭合的圈。然而，有一个人却能用绘画的形式表现这个不可能的怪圈，这人就是埃舍尔，他的著名作品《瀑布》利用了人的视觉错觉。

荷兰画家埃舍尔的版画不仅影响了艺术圈，同样影响了数学、逻辑学和哲学。他的绘画中经常出现奇妙的镶嵌、不可能的结构、怪异的循环以及悖论，数学家道

格拉斯·霍夫斯塔德在《哥德尔、埃舍尔、巴赫——集异璧之大成》中，将他与音乐家巴赫以及逻辑学家哥德尔并列。

在看了诺兰的新片《星际穿越》之后，我只想到了虫洞与连接遥远星系的捷径、黑洞与时间变慢的关系、时光机器、引力波、奇点与量子引力，我以为看懂了大半，于是为两个杂志分别写了一篇文章。后来，在看了第二遍之后，占据我整个大脑的就是埃舍尔的版画《瀑布》。没错，《星际穿越》的整个叙事结构可以用两个字来总结：怪圈。后来我甚至梦见了怪圈。

影片开始，库珀梦见自己驾驶徘徊号是第一个怪圈。后来他驾驶徘徊号惊险地在米勒星降落，场景与先前的梦境几乎一样，这是未来提前在梦中出现？

当然，最重要的怪圈是女儿墨菲十岁左右时不断地看到书架中出现灵异事件，她的书莫名其妙地被推出书架，其实这是后来父亲库珀在黑洞的超立方体中推动那些书的“世界体”所造成的。

例如，他推出四本书，分别有字母S、T、A、Y，组成一个单词留下“stay”，女儿认为这是书架中的精灵警告她父亲不要通过虫洞去另一个星系。未来的库珀警告过去的女儿时，他还没有从落进那个“温和的奇点”的机器人塔斯那里得到重要的解开引力之谜的信息，因此当然认为他的旅程是危险的，如果他女儿成功地留下他，他也就不会落入黑洞中了。

在得到引力密码后，他认为人类得救了，因此反而认为他必须到黑洞中来，他向塔斯要美国航天局的地址，将这个地址用推动书的“世界体”的方式告诉了女儿，女儿得到这个信息其实比得到“stay”还要早，这是又一个怪圈。但是，这个比先前“stay”警告的怪圈稍大，因此不会造成这样的矛盾：为什么库珀一方面告诉女儿航天局的地址，另一方面警告女儿要留下他？这是因为在超立方体中的他先以为星际旅行危险，后来才知道他的星际旅行是拯救人类以及女儿所必需的。

这里补充一句关于世界体的解释。空间中的一个点本来是一个点，它在随着时间流逝形成一条线，这是这个点的“世界线”；空间中的一个物体随着时间流逝多了一个时间维度，就是它的世界体。库珀看到的书是一条条书的轨迹，就是它们的世界体。

再后来，最最奇怪的怪圈出现了，他通过触碰那只表的秒钟的“世界体”将引力之谜传达给了长大了的女儿，女儿因而解开了引力之谜并率领人类克服了引力离开不可居住的地球，他也因此在穿回虫洞之后被女儿的手下解救，最后偷了一架徘徊号去与宇宙另一端的阿米莉亚会合，从而与阿米莉亚一道延续了人类一脉。据我的理解，来自地球的人类没有发展成五维人，库珀和阿米莉亚孕育的人类后来发展成五维人，这些生活在高维空间中的未来人类制造了虫洞和超立方体，又回去拯救地球人包括库珀和阿米莉亚。你看，难懂吗？确实有点绕，但并不难懂。但是，这是又一个大怪圈。

所有这些怪圈可以总结为一句话：没有后来的人类，地球上的人类不会获救；地球的人类不获救，就没有未来的人类。这就是《瀑布》中闭合水流揭示的悖论：因导致果，果导致因，却没有矛盾。

是父亲救了女儿，还是女儿救了父亲？都对，又都不完全对。

一个封闭的因果链虽然神秘，不可思议，却完全是决定论的，不为任何非决定论留下空间。如果你认为人的一些行动是自主的，也就是由人的自由意志导致的，那么这种任意行为就会破坏封闭因果链。假如人有自由意志，你就可以利用时光机器回到过去杀死自己，从而造成矛盾。因此，一个逻辑自洽、没有矛盾的封闭因果链不能容忍自由意志的存在。人如果没有自由意志，那么爱恨情仇只能是虚幻的。喜欢埃舍尔的诺兰大概没有想到，他的怪圈让他完全成不了有点神秘主义的库布里克。

真正看懂了《星际穿越》，你会跟我一样认为理性主义者诺兰根本没有成功地弘扬好莱坞一贯喜欢弘扬的爱，更没有营造任何与爱有关的神秘氛围，这种被多数观众感受到的神秘氛围完全是一个误会。事实上，理性主义走向了彻底的宿命论，无论如何做，结局都是一个，虽然这个结局有利于人类，但人类却没有自由可言。

最后我说一下炫目的超立方体。根据索恩的《星际穿越的科学》，超立方体完全是诺兰自己的想法。如何理解超立方体？我们将它降低一维，就容易理解了。超立方体本来是四维空间中的立方体，如果降低一维，就是寻常三维空间的立方体。库珀本来是三维的，随着超立方体的降维，他就变成一个扁平的二维人。在他进入黑洞落在超立方体中时，二维库珀落在了一个立方体的面上。然后，这个立方体飞行了一段距离，二维人库珀对面的那个面正好就是墨菲的房间：要知道随着降维，本来三维的房间现在是二维的了，墨菲也是二维人。

光只能在二维中运动，这样，墨菲以及她的房间发出的光顺着立方体的几个面射到库珀的眼中，他可以在不同的方向上观看女儿的房间，导致他可以看到女儿的正面、背面、头顶和脚下。影片中，库珀看到的正是如此。

库珀被局限在四维超立方体的一个三维面上，毕竟一个三维人如果真的进入四维，将会粉身碎骨，这一点诺兰尊重了科学。

这个超立方体有多大？我们可以用光的速度来估计。例如，如果一颗恒星距离我们有四光年，我们现在看到的是它四年前的样子。库珀看到的是女儿的过去，有时是十岁，有时是三十多岁，因此你可以猜测这个超立方体可以是几光年大小，也可以是数十光年大小，这是一个神奇的超立方体。

爱是第五维度

诺兰的新片《星际穿越》一如既往地好看。诺兰拍电影最成功的地方是让观众不明觉厉，然后在观影之后不是吐槽就是分析电影中环环相扣的情节的具体意图，以及在所有细节背后的那个神秘而巨大的意义。

那么，在这部新片中，那个神秘而巨大的意义指向何方？

所有观众都感到了这个意义，但说不清楚，再加上对爱因斯坦理论以及编剧之一物理学家基普·索恩的虫洞理论不熟悉，导致很多人觉得其实十分简单的情节并不简单，甚至有点扑朔迷离。很多人希望我写个解释，原因就在于此。问题是，我无法重复出所有细节，除非我再看两遍这部片子。

以下几段是剧情描述，建议没有看过而计划去看电影的读者跳过这几段。

前宇航员、现农民库珀和一儿一女以及他的岳父住在一个农场里，那时，地球环境日益恶化，具体原因不十分清楚，也许是后工业时代的过度开发，也许是某种地质变化，反正这个变化是不可逆的。农作物一种接一种消失，也许最后一种农作物玉米也即将消失，就像片中的物理学家布兰德教授所说，库珀的儿女将是最后一代地球人。在库珀与他的岳父每日怀旧的岁月中，库珀的女儿的房间——具体的是一间有着一排整齐书架的书房——经常“闹鬼”或出现灵异事件，库珀告诉女儿那不是真的。直到有一天，灵异将沙尘变成一个摩尔斯密码，库珀觉得这是引力反常。一次，引力反常造成的密码告诉库珀他们应该去一个地方，他和女儿墨菲深夜闯进了一个美国秘密航天基地。

在基地中，库珀遇到另一位女主角，物理学家布兰德的女儿阿米莉亚，她自身也是一位科学家。布兰德等人告诉库珀，他们在土星附近发现一个外星人安置在那里的虫洞，他们需要前宇航员库珀率领几个科学家组成的团队穿过虫洞，去寻找先前已经穿越虫洞的 12 个人，为人类寻找安身立命的新居所。布兰德说，存在两个计划：一个计划是拯救生活在整个地球上的人类，这是 A 计划；另一个是将很多受精卵带到一个适合人类繁衍的地方，那个地方当然在虫洞的另一端。

库珀与女儿回到农场，女儿墨菲的新灵异事件告诉父女：库珀最好留在家里，但是库珀还是离开了，带领美国秘密宇航基地的一个团队穿越了虫洞。在虫洞另一端是几个绕着一个巨大黑洞运行的行星。他们降落的第一颗行星表面是很浅的海，以及由潮汐力造成的巨大海浪。在逃出海浪袭击之后，库珀等人降落在另一颗行星，在这里，他们弄醒了曼博士，但曼博士之前发出的信号以及他的话完全是假的，这是一颗完全不适合人类居住的行星。其实，科学家阿米莉亚的男友降落的行星才是人类可以居住的行星。但是，一切都晚了，他们落入了曼博士的圈套。

曼博士企图一个人独霸主飞船，那个可以旋转制造重力的永恒号。可惜，机器人塔斯早就怀疑曼博士其实是个没有爱的坏人，他设下指令让曼博士不能与主飞船对接，从而造成事故身亡，而主角英雄库珀拯救了飞船。

可惜，为时已晚，主飞船已经进入了黑洞吸积范围，飞船随着旋转的被吸积的物质落入黑洞边缘。库珀利用牛顿第三定律将阿米莉亚弹离黑洞，而他和机器人塔斯落入黑洞。最后，库珀居然落入一个由他女儿的书架形成的巨大阵列、一个超立方体。在这个巨大阵列的每一个格子中，库珀看到了一个生活在过去的女儿，甚至看到了自己。原来，灵异即引力异常是库珀本人造成的，他企图通过引力波将信号送达墨菲。当然，在这里我们看到了无可置疑的时光穿越，库珀看到了过去的女儿和自己，并影响了自己，例如将美国神秘航天部门的地址告诉了过去的自己，并且通过他女儿告诉自己不要穿越虫洞，要留下来。最后，机器人塔斯在黑洞奇点附近得到了物理学终极答案，而库珀用引力波将这个答案以摩尔斯密码的方式传递给了后来成为天才物理学家的女儿墨菲。墨菲拿着父亲离开时留给她的那块表，那块表的秒针因为引力异常不停地抖动，墨菲知道，引力异常是她父亲造成的，并飞快记录下摩尔斯密码。因为这些密码，墨菲终于解开了布兰德教授穷尽一生之力没有解开的物理方程。最后，人类得救了。

在库珀输送完塔斯从奇点那里得来的量子信息后，超立方体消失了，库珀被神奇地送回虫洞。在虫洞的另一端，即土星这一端，由于引力使得时间变慢的效应，墨菲已经很衰老，但她的后代以及那时的人类解救了库珀，将他带到土星附近一个名为库珀的空间站中。在见到女儿时，即将告别人世的墨菲告诉库珀，阿米莉亚还在她男友到达的行星上，准备孵化那些她带去的受精卵，库珀应该去会见她。为了爱，还是为了在宇宙的另一端繁衍人类？

以上是故事梗概。在这个梗概中，我们需要解答三个物理问题，然后，这个故事就可以自圆其说了，你也就看懂整个故事。

第一个物理问题，时间变慢。在爱因斯坦的引力理论中，时间是弯曲的，空间也是弯曲的，它们弯曲的原因是能量和质量。更大的质量密度导致更大的弯曲，在黑洞附近，时间弯曲的表现是时间流动变慢，在那里，秒钟动一下，在地球上也许整天整年都过去了。事实上，当库珀和阿米莉亚逃离那个有着巨大海浪的行星后，留在主飞船上的同事黑人罗米尼已经感觉二十多年过去了，头发也开始变得花白。另外，由于他们一直在黑洞附近，相对他们而言，地球上的时间变得飞快，渐渐地，库珀的女儿墨菲长大了，并成为布兰德教授的学生，最后，甚至布兰德也带着未能解开引力方程的遗憾去世了。在去世的时候，他告诉墨菲，所谓 A 计划即拯救整个地球人的计划并不存在，因为他知道，解开引力的秘密藏在黑洞奇点附近。没有那些量子信息，引力的秘密无法解开，从而人类也就无法离开地球。

时间变慢的另一个重要效应是，当库珀落入超立方体时，她的女儿也长大了，也就可以理解他传输的量子信息，这样也就能够解开布兰德没有解开的方程，从而率领人类离开地球。当然，还有一个效应就是库珀在被神秘地推离黑洞之后会被人类的后代解救。我们还得再加上一个效应：虽然在地球这一头，人类已经繁衍了好几代，而在另一头，阿米莉亚才刚刚在她男友的行星上安顿下来，从而库珀还可以驾驶更加先进的飞船再次穿越虫洞与她相会。

通过引力场，时间变慢的效应其实就是走向未来。

在时间变慢的问题上，我相信人们说的，诺兰或者索恩没有任何破绽。事实上，索恩在他的新著《星际穿越的科学》中应该仔细计算了每一步。

接下来是那个在土星附近出现的虫洞，这是一个没有“时间变慢”效应那么靠谱的设定，但比最后的超立方体还算靠谱些。

首先，虫洞不是地洞，也不是在我们的三维空间中挖出的一个类似圆柱体的东西。要正确理解虫洞，我们可以先从二维的纸片说起。在一个巨大的两维纸片上，随意选出两个点 A 和 B，比如一个是北京，一个是广州，其间的距离超过两千公里。这两个点的距离甚至可以更远，比如一个在地球，另一个在仙女座大星云之中的某个星球上，距离差不多有二百五十万光年。当然，也可以是地球和《星际穿越》中的那个黑洞，距离未知，可能是另一个星系也可能是宇宙的尽头 137 亿光年。假想有这么一个二维纸片宇宙，假想这个巨大的纸片在一个不存在的三维空间弯曲起来，使得两个点相对。现在，我们在两个点周围分别挖去一个半径一样大的圆形纸片，再用一个半径同样大小的圆柱面将这两个洞连接起来，现在我们获得了一个几何上与一个简单纸片不同的二维世界。在这个二维世界中，从 A 点走到 B 点有两种途径，一种是以前的途径，距离很远，例如北京到广州的两千公里，或者地球到仙女座大星云的二百五十万光年；另一个途径是通过圆柱面，这个圆柱面可短可长，也许只有一公里甚至更短，取决于对这个圆柱面做了什么假设。

这个连接两维宇宙的圆柱面就是虫洞。

这个虫洞不是二维世界中的地洞，因为在二维世界中，地洞就像在二维纸片上用两个平行线段画出的一个长方形，它的边界是两条平行线，进入这个两条平行线的口是一个垂直于两条平行线的线段。而二维虫洞是一个圆柱面，进入圆柱面的口是一个圆。

现在，我们简单地将以上的图像推广至三维空间。我们在三维空间的 A 点和 B 点分别挖去一个球体，然后，用一个三维圆柱面（其边界是球面）连接这两个球体的边界。这样，当我们进入虫洞时，我们进入了一个球体，就像《星际穿越》里土星附近的那个球体一样。

据说，索恩和同事们就这个虫洞写了两篇科学论文，一篇关于这个虫洞的物理学，一篇关于这个虫洞的视觉形象。因为这个球体内部通向了另一个宇宙，因此，站在球体外面，我们看到了一些那个宇宙中的星系。当然，那个宇宙也许是另一个星系，也许是我们宇宙的尽头，也许是一个完全不同的宇宙。

尽管通过寻常的路径我们要走上一百亿年（以光的速度）才能到达宇宙尽头的那个黑洞，但我们也可以穿过虫洞抵达那个黑洞和它周围的行星。

虫洞在几何学上是靠谱的，而在物理学上它是否能够存在却一直是一个疑问。因为，它必须是爱因斯坦方程的一个解，要获得这样的解，我们需要负能量，可是，我们在宇宙中还没有见识过负能量。也许负能量压根不存在，也许等到我们将来的技术更加发达了，就像影片中那个生活在五维时空中的智慧体一样，我们能够制造出负能量。

因此，虫洞不像前面所说的时间变慢，这不一定靠谱。

接着，我们来到影片最不靠谱的也是最重要的一段，超立方体。不错，在黑洞附近，一切变慢了，也许一秒相当于地球的一个世纪甚至更长，取决于你离黑洞的表面有多近。可以想象，假如地球那一端有人给黑洞附近的库珀发来电视视频，他可以在几分钟内看到地球一个世纪的历史演变，但是，他不可能看到过去的自己，他只能看到未来，否则就形成了所谓的时光旅行。而时光旅行是《星际穿越》中的时光机现象必需的，他看到了过去的自己和过去的墨菲，并通过“引力异常”给他们传达了信息，包括航天秘密地址，包括“stay”。因此，那个超立方体明显不是靠谱的时间变慢效应。

那是什么效应？引力异常？不是，引力异常只是库珀在用引力波发射的信号。难道有两维时间？当然，没有两维时间，只有三维的墨菲房间以及无数个这个房间的叠加。在这些无数个房间中出现了历史的不同片段。第五维空间？就像库珀和墨菲进入基地后物理学家布兰德告诉他们的那样，存在生活在五维空间中的智慧体？也不是。你只需要停下来想一想，假如你是生活在一个纸片上的生物，不能回到过去，那么，你能够被三维人抓出来回到过去吗？不能，因为三维人本身也回不到过去。

因此，只有一种解答，那是爱的效应，爱超越时间和空间，这是影片中出现不止一次的台词。阿米莉亚在论证为什么应该去她男友到达的行星时这么说过，别人也这么说过。爱让库珀在超立方体中回到女儿房间的背面，而不是地球上任何其他地方，比如广州。爱让机器人塔斯在奇点处莫名其妙地获得量子信息，爱让墨菲手表的指针不停地接受引力反常。最后，爱让生活在五维中的智慧体将库珀推离黑洞并让他回到土星附近，那里有他的女儿以及解救他的人。

当然，爱也莫名其妙地让库珀在离开黑洞穿越虫洞时遇上第一次穿越虫洞的自己并与阿米莉亚握手。同样，爱让见过已经衰老的女儿的库珀重新驾飞船去会见阿米莉亚，也许他们将一道在宇宙的另一端繁衍新人类。

我还没有读过索恩的《星际穿越的科学》，不知道他如何解释超立方体以及时光机现象，但我实在看不到一个符合物理学的解释。当然，如果我们仔细地修改物理学，时光机现象是可以发生的，并且并不导致类似自己回到过去杀死自己的悖论。可我还是不理解为什么库珀在落到黑洞边缘时会那么巧合地见到女儿房间形成的超立方体，也完全不理解生活在五维空间的智慧体——其实是生活在非常非常遥远未来的人类——为何特别关注库珀而不是阿米莉亚。还有一个问题，也许是诺兰谜题的一部分：是土星附近的人类进化成生活在五维空间中的智慧体，还是阿米莉亚携带的受精卵进化成五维空间的智慧体？

最后的最后，那个方程的解是怎么回事？为什么藏在黑洞的奇点附近？那个解是人类离开地球所需要的，还是人类进化成五维智慧体所需要的，还是超立方体所需要的？当然，这是又一轮循环。

我们就是外星人

这个题目当然不那么严肃，也不是《星际穿越》这部电影的主题。

我已经在另外一篇文章中谈到了诺兰新片的主题，那就是爱。因此这里我们只谈这部电影的科学。

我们从第五维开始。关于影片中屡次提到的第五维，我们没有从电影本身得到很实在的科学信息，第五维看起来只是一个将这部电影所有漏洞掩盖起来的“遮羞布”。这个电影最神秘的地方和最大的漏洞是那个超立方体，这个超立方体按理说无法用现存的物理学来解释，编导只好引入第五维，以及生活在第五维中的智慧生命。

在影片接近结尾处，库珀在进入黑洞（或接近黑洞视界的边缘）时遇到了由他女儿墨菲书架形成的一个很大的超立方体，这个超立方体就像电视台的操控间，只是不是实时播映录像，而是播映很多很多过去。在这些重现的画面中，出现了库珀的女儿墨菲，甚至也出现了库珀自己的过去。严格地说，这些“播映”不是重现，是库珀本人在另一个维度中回到了过去，很多不同的过去。而且，他能够用引力波影响书架和书架所在的他女儿的房间，造成所谓“引力异常”。

在宇宙的另一头，即书架所在的地球，过去的他和女儿生活在一个农场，他是退役的宇航员，女儿即将成长为一位杰出的物理学家。墨菲不断看到灵异现象，就是库珀在另一端制造的引力异常。

在第五维中生活着一种智慧体，是他们制造了超立方体并让库珀在落入黑洞时恰好进入这个立方体，从而形成物理学中的一个闭合时间回路。通常，我们在遇到一个闭合时间回路时会担心出现祖父悖论。在这里，这个悖论的具体形式就是：假如库珀成功让他女儿留住他不去穿越虫洞，那么他就不会来到这个黑洞边缘，从而也就无法让他女儿留住他。好在，导演让库珀穿越了虫洞并意外地落入黑洞，虽然库珀企图让他女儿留住他但没有成功。因此，尽管我们依然在物理学上无法解释超立方体以及时间闭合回路，但电影中没有出现自相矛盾的地方。

在地球那一边，人类正在经历一场不可逆的灾难，人类必须逃出地球才有活路，而库珀和他女儿注定将成为拯救人类的英雄。库珀在引力异常的指引下，注定要在一个夜晚闯进美国的一个秘密航天基地，基地的科学家以及科学家的女儿阿米莉亚将劝他和另外几位宇航员穿越虫洞，目的是寻找解开“引力奥秘”的钥匙，人类从而可以驾驭引力离开地球，或者找到适合人类居住的新行星，将很多人类的受精卵带到那里让人类重新发展起来，这就是科学家布兰德的 A 计划和 B 计划。

在土星附近出现一个虫洞，这是影片编剧之一兼科学顾问索恩及其同行通过精心计算出来的虫洞。现代科学还不能帮助我们建造这样一个虫洞，导演诺兰以及索恩将这个困难的任务留给了生活在五维空间中的智慧体。就我所知，确实没有任何物理机制可以帮助我们建造这样一个虫洞。爱因斯坦理论告诉我们，虫洞虽然在几何上没有任何问题——因为它不过是连接两个遥远空间点的桥梁——但虫洞的空间弯曲需要制造它的人在虫洞附近堆积巨大的负能量。也许，仅仅是也许，未来人类的科学技术发达到一定程度会帮助我们制造出大量的负能量，就像那些五维智慧体一样。

暂且让我们相信，因为爱，五维人为我们建造了一个虫洞，并且将它放置在土星附近。为什么要放在土星附近？也许因为太阳正在辐射出更多的能量，地球以及地球附近的任何空间站都不适宜人类居住，人类必须将空间站建造在土星附近，那里距离太阳比地球距离太阳更远，辐射不那么强烈。

我还想问一个一直没有弄懂的问题，地球正在经历的灾难到底是什么造成的？是后工业时代对能源的滥用，还是太阳的辐射太大？

我觉得后者更有可能，否则无法解释人类为何要在土星附近建造空间站。

但是，人类早已丧失了飞跃土星的航天技术，事实上，墨菲的老师就认为，阿波罗登月是美国为了拖垮苏联而精心制造的谎言。好在，美国在那个库珀以及墨菲有意闯入的基地还保留着一定的航天技术，他们为库珀以及阿米莉亚提供了穿越虫洞所必需的技术。只是，阿米莉亚的父亲，物理学家布兰德还没有掌握如何将整个人类移民出地球的技术。这个技术神秘地与某个引力场方程联系在一起，这个方程的解隐藏在黑洞的奇点附近。库珀，作为解救人类的英雄，必然要穿越虫洞到位于宇宙另一端的黑洞那里去。

写到这里，我感到超立方体的设定是编导的最佳选择。没有这个设定，一心想拯救人类的库珀怎么会知道拯救人类的钥匙其实藏在宇宙的另一端？毕竟他只是一个退役的宇航员而已。但我必须说，超立方体十分不靠谱。

接下来我们讨论两个观众经常问的问题。第一个问题关于黑洞本身。为什么在库珀落入黑洞之后，黑洞的巨大引力没有撕碎库珀？答案其实很简单，尽管光线无法逃出黑洞，但只要黑洞足够大，那么周围的潮汐力不会大到会撕碎一个人。（但是啊但是，库珀乘坐的飞船怎么被撕裂了？也许不是引力的错，是黑洞周围那些辐射导致的？）

接下来是时间变慢的问题。例如，对于乘坐永恒号飞船的人来说，时间没有过去多久，但地球上的人类却经历了很长时间，墨菲长大了并跟布兰德学习物理，再过一段时间布兰德去世了，留下了没有解出引力方程的遗憾。在宇宙另一端，库珀和阿米莉亚先降落在绕黑洞运行的米勒星，等他们逃出这颗星球上巨大的海浪之后回到主飞船上，留在主飞船上的罗米尼已经过了二十三年。再例如，当五维智慧体将库珀推离黑洞并通过虫洞将他送回原来的宇宙中去之后，库珀的女儿墨菲已经九十多岁了，并在土星附近建造了巨大的空间站。

在引力场中时间变慢是一个已经被证实的现象。例如，人们曾经将一个精准的时钟送到太空，等这个时钟回到地面后，它的时间变得与留在地面的时钟不同。在爱因斯坦的引力理论中，时间是弯曲的，空间也是弯曲的。我们可以理解弯曲空间，就像一个球面或一个轮胎面，我们很难理解时间弯曲。所谓时间弯曲，就是在引力场中，不同的地方时钟走得快慢不同。引力势越大的地方，时钟走得越慢，例如，在海平面的一个时钟比珠穆朗玛峰上的时钟走得慢一点点。要看到时间明显变慢，我们就需要黑洞。在《星际穿越》中，离黑洞最近的星是阿米莉亚男友埃德蒙去的那颗星，那是最适合人类居住的。由于这颗星离黑洞最近，时间走得最慢，因此当阿米莉亚还在那里布置自己的住所时，库珀已经能够从土星空间站赶过来与她会合了。那颗有着巨大冰原的星距离黑洞比埃德蒙星远一些，而有着浅海的米勒星距离黑洞最远。

与超立方体一样神秘的是五维智慧体，或外星人。库珀进入超立方体之后才恍然大悟，原来那个有着超能力的物种只是未来的人类，正是未来人类制造了虫洞，是他们制造了超立方体，是他们让库珀拥有了不可思议的传递引力波的能力，是他们将库珀推送出黑洞并重新通过虫洞回到太阳系。正是藏在背后的五维人以及第五维让很多观众坠入迷雾，超立方体到底是空间还是时间？当库珀可以看到过去的墨菲和过去的自己时，他是处于第五维之中吗？我也无法回答这些问题，我觉得电影的编导也无法回答这些问题。

当然，就这个设定我们还可以问更多的问题。既然五维智慧体能够在他们的过去（即库珀和墨菲所处的时代）制造虫洞，并且拥有让库珀逃离黑洞的非物理超能力，他们为什么不直接拯救人类？他们煞费周章地让库珀落入黑洞，让库珀本人将引力的奥秘输送给墨菲，为什么不自己直接将引力的奥秘交给布兰德？看来回答只有一个：这是一部好莱坞大片，好莱坞大片需要制造男英雄和女英雄。

所以，我宁愿避开超立方体，回来谈谈外星人本身。

最近，我在很多场合宣扬一种观点：在我们的宇宙中只存在一个智慧物种，就是生活在地球上的人类。当然，我们现在还没有证据证明人类是宇宙中的唯一文明，我可以退一步声称，人类文明极有可能是银河系中的唯一智慧文明。我的新理论有两个证据支持。第一个证据是，人类用射电手段搜寻外星人信号已经有半个多世纪了，迄今为止还没有搜到任何可疑信号。2009 年发射的开普勒望远镜是一架专门用来搜寻太阳系之外类地行星的太空望远镜，科学家利用它已经发现了数千个系外行星，还没有一个星球有智慧存在的迹象，当然，现在下这个判断还太早，我们还需要更加细致的观测和研究。接着陈述支持我的理论的第二个证据。如果银河系中存在很多文明，那么必然有很多文明远早于人类的出现，他们的技术也远比我们现在的技术发达。目前，再过数十年，人类就会有能力向太阳系之外发射可以远航到其他恒星系统的微型飞船和微型机器人，如果人类可以做到这些，那么远比我们发达的一些外星人更加能够做到，可是，为什么我们还没有发现他们发射出来的微型飞船，或者任何其他人为制造的东西？一个最简单的回答就是，外星智慧并不存在。

《星际穿越》对外星人是否存在所持的观点似乎和我一样，那个拥有超能力的五维生命就是未来的人类，并且，也只有他们关心人类的命运。人类在未来毫无疑问会发展出我们现在无法想象的技术，并拥有殖民整个银河系的能力，不过，我仍然怀疑他们有制造时光机器的能力，否则，他们现在在哪里？

末日情结

自从六年前看了美国灾难片《2012》，世界末日的话题就没有离开过我们，当然也就没有离开过我。短文、视频和采访不知写了和做了多少，看来，这篇文章该是关于2012世界末日的最后一篇了，但肯定不是关于世界末日这个长盛不衰话题的最后一篇。

最近一次对我做采访的是《经济观察报》的李黎。那天下午，北京的空气污浊得像世界末日，她摸到我工作的单位——中国科学院理论物理研究所，我患着上呼吸道过敏接待了她。在咖啡间开聊的时候，正好是下午咖啡时间，隔壁的一位同事踱了进来，听我们聊了几句，插话道："玛雅人没有骗人，如果你们有看新闻的话，墨西哥一带这些日子灾难不断、各种伤亡。玛雅人预言的灾难是在自己家的局部地盘上，从来没扩张到整个地球。是人们自己想多了。"说完，这位比我年轻的同事喝着咖啡悠闲地走了。

在中国，大家谈论起世界末日好像在谈论一个即将到来的节日，我觉得这多少有点中国特色，我将它看作末日情结。既然我们在这个特殊的历史时期有各种焦虑，有各种希望摆脱的东西，那么，末日未必不是一件好事，未必不是一个值得庆祝的节日。比如，我的一些年轻朋友们在 12 月 21 号晚举办一个末日派对，这就是一个没事找事做的狂欢。

而且这与我过去见证过的一次末日恐慌完全不同。我在1999年回国，在回国之前，美国社会已经开始流行各种末日说，只是预言的时间各不相同，有的说是 2000 年，有的说是 2001 年，甚至有说 1999 年的；末日情景也不同，有说各种灾难的，但最流行的还是基督教的传说：末日审判。1999年过去了，接着2000年和2001年也过去了，什么也没有发生。毕竟，仅仅按照日期来神秘地指定末日有点不科学。

在地球漫长的历史上，发生过各种大灾难。地球自从 35 亿年出现生物后，也发生过多次物种大灭绝。最近的一次大灭绝就是 6500 万年前的恐龙灭绝，这一次大灭绝的原因有了主流观点，是一颗直径大约一百公里的小行星撞击了墨西哥湾，引发许多恶劣反应，最后，植物由于类似核冬天的条件先死亡，接着是素食动物，接着是食肉大型动物。历史上发生过多次物种灭绝，但原因可能都不同，有的是火山爆发，有的是海平面升高，有的则是小行星撞地球。物种大灭绝的周期有数千万年到上亿年，所以，也许下一个灾难随时要来。可是，既然是数千万年间的随机分布，要发生在我们的有生之年那也实在太巧了，因为人类存在不过百万年（智人存在的时间更短，只有 20 万年）。

到目前为止，天文观测也没有看到任何带有威胁的小行星冲地球而来，所以像引起恐龙灭绝的大灾难在近期内不会发生。那么，会发生火山大爆发吗？科学家没有观察到大规模的地质异常——这在《2012》中十分吸引眼球。那么，大洪水呢？没错，极低冰冠和格陵兰的冰正在逐年减少，减少的速度虽然可能带来长期效应，但以每年千亿吨的速度融化还是太慢（相当于长和宽均为一千公里的冰每年融化 10 厘米）。那么，太阳的剧烈活动呢？这也是《2012》的卖点。太阳活动周期为 11 年，每 11 年会有一次活动高峰，但至今过去了多少个 11 年？还有，那个神秘的中微子也不会对地球情有独钟。其实比中微子更神秘的是暗物质粒子，由于它们对普通物质比中微子对普通物质更没有什么兴趣，所以也不会是导致末日的原因。

玛雅人也许有先进的授时法和历法，这些都与大灾难无关。多少年来，科学家倒是发现了各种可能导致大灾难的原因，其中最浪漫的一种是复仇女神说。据说，太阳有一颗我们平时看不见的伴星，这颗伴星在绝大多数时间中远离太阳，大约有一光年那么远，在大约 2700 万年内，它与太阳互动一周，所以大灭绝的周期大约是这么长。这颗红矮星恒星叫作复仇女神，今天，我们还不能完全排除它存在的可能。

据说牛顿曾经预言过世界末日，时间大约是 2060 年。那么牛顿是如何计算出 2060 的？根据牛顿学者史诺贝伦（Stephen D. Snobelen）的研究，牛顿的 2060 年的预言起源于《圣经 · 旧约》中提到的 3 年半。3 年半即 1260 天，牛顿将其解读成 1260 年，认为从某一年开始的 1260 年后，世俗世界将被终结，天国将开始。牛顿从来没有指定某个年代，而 2060 字样的出现使得人们猜测法兰克王国的查理曼大帝被教皇加冕的那年即公元 800 年是牛顿心目中的起始年，从那一年起始的 1260 年之后就是 2060 年，这一年将是世界末日。对于牛顿来说，在这 1260 年期间，真正的、没有腐败的教会受到堕落的、三位一体教会的打压。看来，牛顿远比当代媒体要乐观得多，他只是认为那一年是大变化的开始，而这个变化可能就是和平时代的开始，或者说，真正的福音将被宣扬传播。所以，如果牛顿真的认为存在末日，这个末日是魔鬼的末日，而不是人类的末日。

佛学也传说末法时代，我们现在就处于末法时代。这个时代会出现各种伪装成佛的魔道，最后佛法坏尽。我倒是觉得，现代社会确实有末法的味道：物质主义横流，人类生活紧张，紧张的目的是为了生活更加方便，但更多的方便又导致更加紧张，无限地循环。但这还是与世界末日无关。

科学是把双刃剑，它可以破除迷信——比如各种荒诞的导致世界毁灭的原因，同时又让一知半解的人去牵强附会，发明更多的理由。当然，末日说的终极原因还是来自社会，毕竟我们生活得太紧张了。

我们仍在摇篮中

地球是人类的摇篮，是文明的摇篮，也许是宇宙中唯一的文明摇篮。

太空科幻从埃德蒙·汉弥尔顿写人类旅行到其他星系的太空歌剧式科幻小说，到阿瑟·克拉克的著名太空漫游系列，到《星际迷航》《星球大战》，再到弗诺·文奇的宇宙式文明的幻想，一路下来，似乎已经穷尽人类文明“征服”太空和宇宙的各种可能。

《地心引力》一下子将我们拉回现实：人类的太空梦才刚刚开始，我们还没有走出地球这个人类的摇篮。万有引力、氧气，等等，仍然是我们无法割断的生命脐带。

电影开始，距离地球六百公里如真似幻的太空环境将我们置于难以呼吸的震撼心境，我们屏住呼吸，既是因为壮丽的太空景色，也是因为宇航员之间带有浓重喘息声的内部通话。3D 技术在这里显得完美而实用——我从来没有看过这么逼真的 3D 镜头。没有任何额外的想象，这是我们这个时代的太空技术。正因为如此，这部电影才如此震撼。

桑德拉 · 布洛克饰演的莱恩 · 斯通博士是第 N 次修复哈勃太空望远镜的人物。我说第 N 次是因为迄今为止哈勃望远镜已经被维护了五次。第一次维护是绝对必须的，1990 年哈勃望远镜上天后很快被发现光学系统出了问题，成像低于预期，因为镜面打磨与设计偏差了仅仅两微米。考虑到 4.3 米巨大的口径，两微米真是很小的偏离，却不能让望远镜完成高精度的天文和宇宙学观测。1993 年 12 月，第一批宇航员被送到哈勃望远镜去维修，这真是一个太空冒险，因为宇航员们用了不下一百种工具，不仅矫正了镜面，还更换了一些电子器件，更新了电脑，升高了望远镜的轨道。哈勃望远镜最后一次维护发生在 2009 年，这次维护安装和更新了一些电子器件，还安装了一个宽视场照相机、一台宇宙起源摄谱仪，等等。

《地心引力》是一部灾难片、惊悚片，是一部关于可能发生在未来的太空灾难电影。在这部电影中，哈勃望远镜、国际太空站甚至天宫某号都将被摧毁，莱恩 · 斯通博士对哈勃望远镜的维护也许是发生在未来的第六次维护。斯通要完成的任务是安装一个高科技扫描系统。

相比乔治 · 克鲁尼饰演的老练而自信的麦特 · 可瓦斯基，斯通只经过六个月的训练，因此当被俄罗斯导弹摧毁的卫星碎片击中他们两人乘坐的探索者号航天飞机时，斯通没有及时切断与航天飞机伸出的机械臂的联系，被甩出去了。可瓦斯基用他的经验救了斯通。在他们努力进入国际空间站的最后关头，可瓦斯基牺牲了自己，成了无边且无可依靠的太空中的永恒漂流者。

在接下来的一个小时中，导演将电影的命运交给了桑德拉 · 布洛克，而斯通的命运则被交给了她自己，同时也交给了镜头中出现过的弥勒佛和基督。俄罗斯卫星的碎片继续作恶，迫使斯通分离联盟号宇宙飞船与国际空间站。国际空间站被毁，联盟号则被发现没有燃料。可瓦斯基之灵或斯通强大的精神力量帮助她驾驶联盟号驶近中国空间站天宫号。当然，天宫号也逃脱不了被俄罗斯卫星碎片撞击的命运，斯通最后利用神舟降落地球。

这部太空灾难片真的与科幻无关，却与生命有关，与我们和地球的关系有关，与太空即死亡之境有关。

电影无可指摘的特效是空前的，我甚至愿意说超过了《阿凡达》，因为它更接近真实。当然，很多人都可以从这部“硬科幻”中挑出无数硬伤，例如，尽管电影中发生在太空的爆炸多数是无声的——我们不可能在真空中听到空气振动的声音，可是哈勃望远镜在和航天飞机的机械臂相撞时却发出了声音。另外，斯通进入空间站不可能很快脱下笨重的宇航服，穿着内衣向我们展示健美性感的身材，卫星碎片也不会频繁地撞击空间站……可是，让观众无法喘口气走走神的九十分钟视觉故事也不会让多数观众有机会注意到这些漏洞。我怀疑那个漏洞大全文章的作者一定反复看过这部片子。

我敢说，无论视觉效果，还是发人深思的功效，这是一部自《2001太空漫游》以来最好的太空电影。两部电影的共同点是简单的故事，可以说《地心引力》更简单，几乎没有什么故事，只是将哈勃望远镜、国际空间站和中国空间站通过几个转折联系起来。两部电影最大的不同之处在于，库布里克和克拉克的经典电影带有浓重的猜想和神秘色彩，而《地心引力》更贴近真实，这个真实只有一个要素：我们仍在摇篮中。

我读了未来主义者库兹韦尔的新书《如何创造思维》，库兹韦尔在这本书中进一步强调他历来的观点：机器思考的一天即将到来，届时，人类在机器的帮助下将无限地突破自己思维能力的局限。人类的新发明将带来更新的发明，直到有一天，奇点到来，这时，人类就像弗诺·文奇在小说中幻想的那样，成为现在我们还无法想象的超级思考者。在奇点到来之后，智慧将以光速向整个宇宙扩散——或扩张，因为那时再没有任何困难可以阻挡人类了。库兹韦尔将奇点到来的那一天设定在2045年。

库兹韦尔的奇点论建立在他的加速回归论基础上。他认为，人类很多技术如电脑技术、遗传工程、纳米技术、机器人以及人工智能技术，都会指数式加速发展。人类总会用新的方式越过旧方式的瓶颈，这种不断加速发展最终导致与人相结合的人工智能全面超越人类，或者说人类将彻底改变自己，最后，智能以光速向宇宙扩散并最终征服整个宇宙。这些过于乐观的估计引起极大的争议，事实上，有人就以阿波罗登月之后航天技术的缓慢发展作为库兹韦尔过于乐观预测的反例。《地心引力》将这个反例视觉化了，以至于我的一个朋友在观影之后感叹："我也喜欢太空，但在人类技术还不能让人获得在星空中足够的自由度之前，它确实没有陆地可爱。"

本土的电影与科幻

我虽然看了不少电影，但电影作为一门专业对于我还是很陌生的，科幻也是如此，虽然我自己写了两篇短科幻，以及七万字的小故事，前者已经发表，后者还在积累，希望什么时候以一本书的形式发表。

仅仅在一年前，我还是不怎么看得上电影，更不用说科幻电影了，虽然我看了《超时空接触》这样的电影也会感动。至于科幻，我上大学时也迷过科幻，后来不迷了，其实整个文学我都不迷了，除了金庸。我回国之后，慢慢地有机会接触中国文学，慢慢地有机会接触中国科幻，才知道，原来过去二十年我都处于一个盲点，看不到文学和科幻迷人的地方。最近，我又开始迷电影，这种着迷的方式完全不同于紧张生活中的青中年时期，那时完全是为了放松才看电影，所以看的都是调剂紧张生活的有激烈剧情的片子。

电影看多了，才知道过去以为的中国好电影，如《黄土地》《红高粱》，其实没有好到哪里去。《红高粱》的好，完全是借助了莫言小说的好。当然，那时张艺谋、姜文、巩俐还处于类似《红高粱》里面的原始生命力的旺盛期，电影自然就会好。至于《黄土地》，老实说除了摄影和音乐之外，在今天看并没有当时的震撼（闲话一句：我是有多喜欢冯健雪的歌声）。所以，我们就可以理解，无论是张艺谋还是陈凯歌，后来走得没有人们期待的那么远是多么自然和正常了。

最近，我认识了一位电影制作人，她总是跟我强调，中国的类型片还很不发达，她想将现在的精力投入制作类型片中，尽管这么做并不讨喜，因为影评人是根据电影标准而不是大众标准评价电影的；而大众并不见得会很快买账。当然，《泰囧》成功创造了国内电影票房纪录。我和很多人的看法一样，《泰囧》并不是一部好的娱乐片，因为国内类型片实在少得可怜，在这个真空中这部片子赚了。同样，周星驰的《西游·降魔篇》还算好看，虽然达不到周星驰自己的高标准，但也创下了票房纪录。从这两部片子受到的待遇来看，国产类型片确实有很大的空间，我只能对我的朋友说："加油！"

类型片并不好拍，张艺谋和陈凯歌栽得那叫一个"惨"。我也看过一部我很尊敬的一个导演的国产"西部片"，老实说拍得不好。看来，类型片确实不像一个普通观众想象的那样容易。再说，观众看多了好莱坞的电影，连一些好莱坞娱乐大片也不那么容易讨好观众，国产片就更难了。

科幻小说呢，我觉得小说的处境也不好，虽然一些类型小说的读者众多，和国外的类型小说相比，还有很大的差距。我们就不说《哈利·波特》那样的小说了，就是二流的西方类型小说，放在中国，也会变得高高在上。中文类型小说的最大缺点是文学性和语言都不够好，不能说你写类型小说了就不要文学了。例如，《少年派的奇幻漂流》和《云图》这两部小说，文学性就不比任何“纯文学”差，前者还得了著名的布克奖，后者也差一点获得。这些小说的中文翻译的语言都比大多数中文原创类型小说好。

刘慈欣是一个另类，他的小说完全不必用文学来要求，他自己也刻意不求文学性，因为他说，科学幻想本身就足以构成科幻小说的根基。在刘慈欣的不羁幻想之下，他当然做到了，读者也买账。别的科幻作家呢？我觉得做得还不够，不论是幻想，还是文学。不过我读的中文原创科幻小说还不够多，现在下这样的断言还有点早。

将电影和科幻结合起来呢？这是要将难兄难妹强行拉在一起结婚，当然难上加难。人们总是说，中国电影界技术上就没有达到拍科幻电影的要求，我不这么看。既然周星驰拍一部 3D 奇幻片拍得还不错，科幻电影当然也能过技术这道关。有人也可能说，周星驰可以找到资源，别的导演未必就能找到，这点我同意。我倒是觉得，中国电影连普通娱乐片的关都过不了，拍一部好科幻实在是太难了。

阿瑟的奇幻漂流

阿瑟·克拉克躺在病榻上，开始回忆自己的后半生。

他是从什么时候成为极端无神论者的？具体日期并不重要。短暂从军的经验让一个技术主义者成为技术万能论者，因为他相信，战胜者一方并不见得是正义的一方，这个群体也不比对手多出更多的爱。战胜者有更好的军备和更好的战争大脑，而正义向来是事后的编造。运气也总站在战胜者的一边。

真正弄明白人类的历史是在他决定移民斯里兰卡之后。因为一个偶然的因素，他成了水肺潜水爱好者，终其一生，他都受益于那次在水底的偶然发现。

千柱庙在印度教中占据一个非常显眼的位置，但现在我们能够看到的是 17 世纪之后建成的，它的原型安静地躺在塔普拉班岛附近，直到阿瑟在一次例行的潜水练习中发现。1958 年的《塔普拉班的堡礁》基本忠实地写出了他惊人的发现，却遗漏了一个重要事实。

这个事实一直让阿瑟感到不安，释放不安的机会终于来了。1964 年，库布里克找到了暂时离开斯里兰卡去纽约完成一本书的克拉克，库布里克的目标是拍一部“众所周知最好的科幻电影”。如果库布里克在 1956 年前遇到阿瑟，这仍然是一个不可能完成的任务。时运巧合，库布里克要拍一部不朽的电影，阿瑟心头又正有一个天大的秘密挥之不去，为什么不利用机会将这个秘密以谜团的方式写出来告诉世人？

于是，就有了电影《2001 太空漫游》以及稍后发表的同名小说。在这两部作品中，人类不过是一个超级智慧实验的产物。第谷反常磁石一号（TMA－1）在 2001 年适时出现，让人类得知，在宇宙中他们并不孤独。TMA－1 是阿瑟捏造出来的神话，位于月球南半球的第谷环形山上并不存在这个超级智慧遗留在那里的万能磁石，虽然，2011 年美国航天署拍到了一个怪异的影子。至于 300 万年前出现在非洲的 TMA－0 更是子虚乌有。在库布里克的电影和阿瑟的书之后，无数科幻爱好者、幻想家、人类学家以及 UFO 爱好者都去过书中暗示的地点（他们煞费心思从阿瑟的书中考证出了那个地点），全都一无所获。面对这些消息，阿瑟常常露出英国人特有的、冷静的微笑，当然，是在没有人看到的地方。

像现在躺在病榻上一样，阿瑟在后半生常常不由自主地回忆起那个决定性的一刻。在发现千柱庙遗迹之后的第二天，他躲开一群考古学家，独自一人再次潜到前一天就看到的湿婆像处。在那一刻，阿瑟的大脑完全不听自己的控制了。他做出了自己并不知道的动作，当然，这些动作不像后来他书中描述的 300 万年前人类先祖在 TMA－0 控制下投掷石块那么简单。也许，后来阿瑟 70 岁时患上小儿麻痹后遗症应该和这次接触有关，甚至，此刻他只能躺在床上等死也和这次接触有关。

阿瑟在一连串不由自主的动作之中，从湿婆的嘴里拿下了那颗珠子。这颗黑色的珠子完全不同于他过去见过的藏珠，呈椭球形，三个椭球轴的比例是 3∶4∶5，阿瑟后来精确测量过。这种比例用在一个椭球上会得到一种惊人的心理感应。如果你真的相信阿瑟书中的鬼话——长方形的黑石的三条边的比例是 1∶4∶9——你就上当了，这得有多难看啊。而一个椭球的三个主轴的比例是 3∶4∶5，那就相当漂亮了。

这个珠子是黑色的，阿瑟在描写黑石的颜色时也没有骗人，的确，这种黑色是我们在人间从未见过的黑色，就像纳入了一千个黑夜。也如同黑夜一样，它的触感既不坚硬，也不柔软，也许根本无法用你任何一种熟悉的触感来形容珠子的触感，假如你有机会在夜里走过一株晚桂花树下，你的鼻子以及大脑随后产生的感觉接近这种触感。

阿瑟此后拥有了一个极大的秘密。但珠子在他大脑中不断地警告他，所有珠子愿意透露给他的信息不能直接地告诉世人，他被允许用一种隐晦的方式将人类的秘密在书中以科幻的形式透露。比如说，黑石代替了珠子，但其实并不存在三个黑石，木星附近更没有那个巨无霸黑石老大哥，没有戴维·鲍曼其人，他更没有变成拥有超能力的星童。如果有人拥有超能力，那是科幻作家兼预言家阿瑟本人。至于 300 万年前猿人被黑石改造成能够使用工具的人类先祖，则是 20 万年前智人的故事。猿人望月者是智人望月者和非洲夏娃的综合形象，是的，20 万年前智人的出现不是偶然的，是这颗珠子作用的结果。至于夏娃的出现，她获得的唯一功能是语言。突然，她的后代具备了发出各种音素的能力，这是她的后代能够成为唯一一支繁衍到现在人类的终极原因。

阿瑟克服了极大的冲动，只将整个故事的一鳞半爪告诉了世人。他独特的预言能力让他跻身于三大科幻作家行列，虽然阿西莫夫和海因莱因与他并列，但就预言能力来说，他们不及克拉克的千分之一。比如说，阿瑟在《2001 太空漫游》中准确地预言了网络时代，包括网上银行甚至微博，他在第二部漫游中还准确地预言了天宫一号。当然，只有他本人知道这些预言不是自己的功劳。

他一生不信神，但相信超级智慧，这些超级智慧的拥有者就像印度教中的众神。另外，将湿婆当成毁灭之神真是错得离谱——他直接培养了人类。

只有一件事阿瑟一点也不清楚，那就是，超级智慧是否拥有感情？不过，对于躺在床上的他来说，这件事已经不那么急迫了，因为，他很快就会知道了。几个月前，他获知自己将不久于人世，所以为朋友们录下了“再见录像”。现在，阿瑟人的神智和那颗珠子都在慢慢消失。

我为什么是屌丝

活在商业社会，做个屌丝真的不是什么光荣的事情，我认识的很多三观都没有任何问题的朋友表示对屌丝不屑。在一个自由、平等、民主越来越被大家认同的社会，这种想法有点政治不正确。

政治正确并不能保证一个人的观点就是正确的，比如在美国，左派会觉得穷人所以穷是因为机会和资源的不平等，政府应该想办法“劫富济贫”。同样，平权法案在法律上要求雇主在雇佣和薪水方面对种族和性别不能加以“歧视”，有人认为这种做法会带来更多的不平等，例如雇主为了避免雇佣能力与薪水不相称的人而裁减人员。

最近，哈佛大学教授穆来纳森等人发现，贫穷本身恰恰是贫穷的原因之一，也许还是很重要的原因。他和合作者在《科学》杂志发表论文，认为贫穷会带来一些认知方面的问题。他们提出这样的假想：贫穷直接引发认知障碍，然后设计了两个实验来验证这个假想。在第一个实验中，参加者被诱导处理经济问题，他们发现，参加者中的那些本来经济情况不好的人会表现得更加不好。第二个实验涉及农民，这些农民在收获之前的认知表现往往比收获之后的认知表现差，而且，这些差异不可能是时间、营养、工作是否努力以及压力方面的差异带来的。结论只能是，农民的聪明程度确实与他们手里是否有粮有关。当一个人日子不好过时，他的注意力往往被“不好过”这个事实分散了，导致大脑资源更少地被用来思考其他的事情，包括如何解决“不好过”这个问题。

这个研究被穆来纳森写成一本书，中译本叫《稀缺：我们是如何陷入贫穷与忙碌的》。这本书让穆来纳森成为明星，这个贫穷效应被称为“穆来纳森带宽”，它所表明的是：你越穷，你的带宽越窄。

穆来纳森带宽其实是我们日常中经常见到的现象，如果不是穆来纳森，总有其他行为经济学家发现这个事实。一个被丈夫遗弃的妻子往往更加自暴自弃，像罗琳那样的女人绝无仅有。毕竟，罗琳仅仅与丈夫无法生活在一起，她是上过大学、学过写作的人，在花了九个月时间做行为认知治疗后，最终成为《哈利·波特》的作者。很多经济不好，或者职业生涯不顺的人将自己的不幸归罪于社会，觉得怀才不遇或无法与别人拼爹，却没有在自己身上找原因。很多老辈人强调结婚要门当户对，这也是因为如果门不当户不对，三观就无法谈到一起，原因还是各人的大脑中跑的不是一趟车，从做事到做人用的完全不是一套系统。要解决穆来纳森带宽问题，不是给屌丝更多的钱，而是得想办法让他克服认知困难，为他成为高富帅提供条件。

现在，穆来纳森等人的研究将我们常见的现象上升到认知能力层面，归结为带宽问题。作为一名读者，我来试试推广穆来纳森带宽效应，看看都能解释什么现象。

现代人都缺时间。比如我们在网上常常看到有人抱怨自己太忙，要加班，没有时间见朋友。但是，你往往会发现，他们并不缺时间上网。可见，时间不是问题，注意力才是问题，他们已经没有能力处理时间了。

心灵。别说心灵不是一个问题。在微信上，我已经拉黑了好几位成天转发心灵鸡汤的人，有的甚至能一天转几十个心灵鸡汤帖。很明显，他们缺乏某种能力，因此需要读心灵鸡汤文、转心灵鸡汤文。问题是，将那么多时间花在心灵鸡汤上面，他们还有时间让心灵自由吗？我觉得，将那么多精力放在鸡汤上面，其实是在花同样多的时间来焦虑，他们还不如去读一首诗，或者去咖啡馆一个人安静地发呆两小时。很明显，转心灵鸡汤没有解决他们的问题，否则他们不会一年如一日地天天转。

爱情。爱情是一个大问题。微博鼎盛的时代，我们天天看到痴男怨女们抱怨没有值得爱的异性，或者他（她）的前任或现任有这样那样的问题。我倒是觉得，“再也不会爱了”才是他们的真正问题。

与心灵有关的问题是信仰问题。信仰当下很流行，同样，我会想，与其成天在微博、微信上晒信仰，不如静静地去做点信仰要求你该做的事情。缺什么吆喝什么，不是吗？

又一本布朗式小说

一位成功的作家，他的名字等同于他的作品，也就是说，与众不同，有自己的品牌。畅销或不畅销不是唯一的判据，前者不过说明较多的读者喜欢这一类，后者有可能与作者的独特性相关。读者少的作品品位独特，一时半会读者还不能适应。布朗是那种能让读者渐渐适应他的作者。

布朗当然是畅销作家，不论在英文世界还是在其作品被翻译了的语言世界。布朗是一个独特的品牌，等同于《达·芬奇密码》，或者《失落的密符》《天使与魔鬼》《骗局》和《数字城堡》中的任何一部。最近，这个单子中又添加了一部《地狱》。我有幸既读了原文版又读了中文版。可以说，《地狱》让原本就喜欢布朗小说的人又多了一部体验阅读快感的小说。

布朗的六部小说分为两类：一类与哈佛大学符号学家罗伯特·兰登有关，一类与他无关。当然，兰登查无此人，这和布朗声称确实存在的郁山隐修会不一样。与兰登有关的小说有《天使与魔鬼》《达·芬奇密码》《失落的秘符》以及《地狱》。两部与兰登无关的小说:《数字城堡》是布朗的处女作,《骗局》是他的第三部小说。

作为处女作,《数字城堡》的书写方式还有点嫩,但布朗式的技术流悬疑已经显露,密码学也第一次在他的小说中出现了。有了《数字城堡》和第一部以兰登为主角的《天使与魔鬼》垫底,《骗局》就成熟多了,与《数字城堡》一样,这部小说里没有出现兰登,却涉及政治。

毫无疑问,更为读者熟知的是《达·芬奇密码》,这部书本来已经畅销,在电影之后,就更加畅销了。兰登的系列小说,几乎无一例外地涉及宗教、艺术、符号学和科学。如果说《达·芬奇密码》借助了数一数二的大艺术家兼科学家达·芬奇,那么,最新小说《地狱》就借助了数一数二的大文学家但丁。《地狱篇》本来就是但丁的长诗《神曲》中的一部。

《达·芬奇密码》故事发生的主要背景是艺术圣地巴黎,而《地狱》故事发生的主要背景是另一个艺术圣地佛罗伦萨。我年轻时到过佛罗伦萨,也去过小说中提到的几个主要博物馆,例如大卫像所在的佛罗伦萨学院美术馆。那年,我去佛罗伦萨参加一个量子引力研讨会,住处是一个很有艺术情调的小酒店——这个城市就不存在没有艺术情调的地方。如果我没记错,我还去拜访了当时在这个城市学习艺术的雕塑家黄黑妮,她是黄永玉的女儿,有个台湾男友。碰巧那一年我们每个人的灵魂也处在某种地狱中。我并没有熟读但丁,也就错过了与他有关的地方,例如小说《地狱》中提到的圣约翰洗礼堂。

阅读布朗的新作,就像阅读一本佛罗伦萨旅行指南、一部艺术史,当然,这是一本充满悬疑的旅行指南,一部充满惊险的艺术史。在读过大半部作品之后，我们深陷布朗设置的陷阱中，就像兰登深陷女主角西恩娜的陷阱中一样。直到全书过了三分之二，在我们跟随兰登和西恩娜旅行了第二个城市威尼斯之后，一直敌对的双方合流成一方，读者才开始若明若暗地思考——你必须足够聪明才会这样做：西恩娜到底是什么人？

再到后来，本书真正的主角、已经自杀了的瑞士亿万富翁贝特朗·佐布里斯特的计划才慢慢浮出水面。这是一位天才生物化学家，他开创了生殖系统细胞控制研究，并且对人类的迅猛繁殖和物质文化的发展深感不安。他发现，如果人类不停止发展，历史将很快到达引爆点，他深信必须有一个类似中世纪末黑死病的那种灾变使得人类在冲出悬崖之前勒住马。于是他就发明了一种病毒，并开始与世界卫生组织周旋。

我想，布朗是站在佐布里斯特以及他的学生暨情人西恩娜一边的，他认为人类的确处于地狱的入口。我非常喜欢书前的引语："地狱中最黑暗的地方是为那些在道德危机时刻不分黑白的人准备的。"在中国，眼下这是一句非常应景的话。

本来，我并不知道布朗的新书已经出版。暑假我儿子从美国回来，带着一本《地狱》，我偶然看到，打开就读。在此之前，我很久不读英文原著了。阅读这本小说的时候，我找到了当年阅读迈克尔·克莱顿高科技惊险小说和汤姆·克兰西军事小说欲罢不能的感觉。与克莱顿和克兰西的小说不同的是，布朗的小说更有技术含量，涉及的文化领域更多。因此有人说，布朗的小说使得严肃文学与通俗文学合流。现在，中文版《地狱》也已出版，布朗迷们可以过把瘾了。

我一直想，谁要能写出中国文化版本的《达·芬奇密码》就好了。现在想，谁要能写出布朗式中国本土小说就好了。我对中国版的类似小说是这样设想的：用主导中国历史的儒教来代替基督教，用历史上各种传奇人物如董仲舒、朱熹和王阳明代替达·芬奇和牛顿，用某个臆造的至今还存在的神秘组织代替郇山隐修会，用某位著名教授代替基督的骨血传人奈芙。然后，各地的警察、著名专家都介入了一场惊天的事变，或谋杀。

这个设想只能是《达·芬奇密码》的拙劣戏仿。虽然是戏仿，由于它涉及中国的很多秘辛，想要出版并不容易。

其实，我有一个更为大胆的设想：儒教在今天的中国已经日渐式微，不如用又开始流行的佛教或佛学，释迦牟尼绝对可以代替耶稣，而释迦牟尼也确实有传说中的后代。然后，中原佛教、藏传佛教……你能想到的各种流派都编入故事。这样的故事，经过改头换面，应该能成为不亚于《达·芬奇密码》的惊人小说。不过，它更难出版。

有一次在成都参加科幻活动，遇到刘慈欣和韩松，我又一次提出这个设想。韩松老师总是那么正能量，脸上挂着韩松式的微笑对我说："李老师，未来你不仅是中国的卡尔·萨根，你还是中国的丹·布朗。"

存在是个无解之谜

当一个人开始思考存在的意义时，那么他离哲学的终极问题就很近了。无论他出身于文科还是理科，他离文理的结合处也很近了。

法国作家菲利普·福雷斯特写作《薛定谔之猫》时的状态必定如此，无疑，他不仅学习了和“薛定谔之猫”相关的量子力学，甚至学习了即使专业人士都不一定明白的量子多世界。在这部似小说非小说、似散文非散文的书中，我读到了他对量子世界的深刻理解，这让我很吃惊，因为福雷斯特只是一名评论家和作家。

他在中国还不怎么出名，书出了几本，其中两本是黄荭翻译的，一本是《薛定谔之猫》，另一本是《然而》。福雷斯特和我同年，出生于1962年，比我晚一年大学毕业，也比我晚一年获得博士学位。当然我们获得是不同专业的博士，我是理学博士，他是文学博士。我获得博士晚的原因是因为出国，以及处于特殊时代，那是1990年。他获得博士学位晚的原因就不知道了。

我从理学慢慢向文学渗透，而他从文学起步开始考虑物理学和哲学的终极问题——这种人不多。我读了他如何成为小说家的故事之后，就明白了为什么他属于这类少数人。1995 年，他三岁的女儿被查出患有尤文氏瘤，次年去世，这正是小孩最活泼可爱的四岁年纪。女儿的去世带来可怕的打击，就像他喜欢的日本俳人小林一茶在爱女去世后写俳句“露水的世，虽然是露水的世，虽然是如此”时的状态，痛苦失落但无可奈何。他于是写小说，从一位学者跨界成为小说家。

即使《薛定谔之猫》与他的女儿去世无关，他的女儿还会不时出现在这本书中，这个事件本身就像书中提到的黑夜中出现的那只猫，不知何时出现也不知何时消失，甚至不知出现过没有。

尽管薛定谔的猫人所皆知，可能没有多少人知道它到底是什么、薛定谔当年设计的理想实验到底说明了一个什么道理。书名《薛定谔之猫》，注定它是一本小众的书，作者似乎也不在乎会有多少读者，因此作者不遗余力地在书中大谈物理学，然后由此开始漫游精神世界。

量子力学中有一个著名的不确定性原理，它告诉我们，任何一个物体的可观测量不可能同时被精确地观测。也就是说，这些可观测物理量本身形成的集合并不是“客观存在”的，或者用哲学的术语，不是“实在”的。但是，它们的一些子集却是可以同时被观测的，特别是，如果我们挑出其中任何一个，是可以被观测的，因此，每一个单独的物理量又是“实在”的。最简单常见的例子就是一个粒子的位置和速度：位置可以单独被测量和确定，速度也一样，但我们不能通过观测同时确定这个粒子的位置和速度，这完全违背了我们的日常感受。一个跑步的人当然同时具有位置和速度，比如他在北京的奥林匹克森林公园某处跑步，或者在广州的珠江边跑，同时，他的速度是每小时八千米。量子力学告诉我们，这样说虽然并没有错，但如果你想将位置和速度无限地精确下去，就会遇到一个瓶颈。如果物体非常小，这个瓶颈很快就被看到。

粒子存在还是不存在？当然存在。粒子的位置存在不存在？也存在。但是，粒子的位置和速度并不同时存在，也就是说，所谓实在，不是我们感官感受到的实在。

如果这个例子还不够挑战你的经验，那么薛定谔的猫肯定足够挑战。一只猫可以是存在的，它可以是活的，也可以是死的。现在，我们将这只猫放在一个氧气充足的黑箱里，箱子里还有一把由衰变元素控制的枪，那么，这只猫随时可能被枪打死。问题还不在这里。问题在于，那个随时会衰变的元素不确定什么时候衰变，它总是处于某种“未衰变”和“已衰变”的叠加态，也就是说，猫也是处于“生”与“死”的叠加态。这可能吗？我们的经验告诉我们这是不可能的，因为我们没有见过任何处于“生”与“死”的叠加态的生命。

物理学当然对此有一个解释，在现实世界中，由于受到周围的环境影响，一个宏观生物不会处于这个既生又死的状态，但是，物理学家近年来也通过实验制备出类似的宏观物体，它的位置既在这里又在那里，或者既不在这里又不在那里。这确实完全打破了我们的日常经验。存在，已经不是我们知道的那个“存在”了。

如果薛定谔的猫还不足以让你吃惊，那么，请看看量子多世界。20世纪50年代，由普林斯顿的一个研究生发明的多世界理论给薛定谔的猫带来一个解释：当你打开那个装了一只不幸的猫的箱子时，猫不是处于生的状态就是处于死的状态，世界由此分岔成两个世界，在一个世界中，那只猫活着，你和那只猫和平幸福地生活下去；在另一个世界，那只猫死了，你的余生在不断怀念猫的状态中度过。这两个世界并行不悖，而且此后再也不融合，所以不会出现任何悖论，也就是说，活着的猫和死了的猫不会同时出现在一个世界里，一个乐观向上的你和一个怀旧的你也不会同时出现在一个世界中。当这类事发生多了，世界分裂成越来越多的世界。

福雷斯特那只黑夜里出现的猫到底出现过吗？或者它出现过，现在到底去了哪里？在多世界中，一切都有可能，一切都是谜。

再看一个例子：一天，你在街上漫步，迎面走来一个年轻的美女。她媚眼一转，你不好意思直盯着人家，因此你看到了那个媚眼，或者你没有看到那个媚眼。世界开始分岔了，在一个世界中，你继续平静地漫步，你孤独地终老；在另一个世界中，你在看到那个媚眼之后厚着脸皮和美女搭讪了，你们后来结婚了，之后有了孩子，最后儿孙满堂。量子物理告诉我们，这两个世界其实都存在。

那么，什么是“存在”，小林的“露水的世”仅仅是无数存在中的一个？另一个小林在另一个世界中虽然还是俳人但没有写出这首俳句？

如果你想沿着这条路继续想下去，那么，我向你推荐福雷斯特的《薛定谔之猫》，在那里，有一条既哲学又诗意的路等着你去漫步。在这里，你会遇上物理学家，你还会遇上诗人和小说家。

你等着被养起来吧

——贪婪的资本与宠物人

人是经济动物，如果你假装不是，迟早有一天你也会醒悟本来就是，你是一个十足的经·济·动·物。

我装了三十年科学工作者，或科学爱好者，又装了好几年诗人，最近还装起小说家来。更加最近的最近，我发现我原来非常鄙视的经济学、发财致富学，竟然深深根植于我的“灵魂深处”。起因是各种机缘巧合，例如微信红包和理财通，例如梦想写一本畅销科普书，例如特斯拉，例如成为腾讯未来的评审委员会委员。我突然研究起未来学，并得到一个惊人的“发现”：在不远的未来，人类将形成一个富足的社会，在这个社会中，只需要 10% 的人从事生产创造，其余 90% 的人完全不需要工作。未来这些人将怎么办？被养起来？还是人类的每一个成员每天只需要工作一小时，或每周只工作一天而其余时间度假？

无独有偶，过去，有一本书的介绍突然在中文移动网络流行起来，而这本书在短时间内攀上了英文亚马逊畅销榜第一名，这就是法国经济学家托马斯·皮克提的新书《二十一世纪资本论》。

一本厚达 696 页的学术硬皮书在不到两个月内爬到畅销榜首的原因是什么？我觉得主要原因是它说出了西方社会人人早就体会到，却没有人系统说出的一个越来越明显的趋势：未来社会将是精英的天下，少数人垄断资源，少数人拥有大部分财富。因此尽管它是一本学术著作，却成了畅销书。我没有读过英文版，所以不知道皮克提的大书中有没有提到我的“发现”：未来社会甚至不需要多数人工作，多数人将成为“多余”的人，因为社会将富足到不需要多数人工作，社会很可能将多数人养起来。

因此，我发明了一个令人害怕的名词：宠物人。这是一类不需要工作，精英社会也不让他们工作的人。他们唯一的使命也许就是吃喝玩乐晒太阳，像宠物一样。

可是，你会说，难道这不是人类的终极理想吗？我们不就是一帮好吃懒做的人，不就是希望有一天可以不劳而获，不再加班，不再为找工作操心，不再为买房焦虑……总之一句话，不再是为生活而工作的人吗？

别高兴得太早。

现在，让我们从书评和推介中，找一找皮克提巨著的主要内容。首先，很多人说，这真是我们时代的资本论，让我们重新认识资本和资本主义的实质。这个实质就是：富人越来越富，穷人越来越“穷”，也就是说在资本社会中，贫富差距会越来越大。我在“穷”字上加了引号，因为穷的意思是相对的穷，不是绝对的穷。事实是，在富人越来越富的同时，穷人也越来越富，只不过相比富人，穷人的富微不足道。

皮克提基于很多事实和统计数据得出结论，现在的社会正回到20世纪前的资本主义社会，贫富差距越来越大，主要原因是资本的回报远高于GDP的增速。过去三百年，投资回报平均维持在每年4%–5%，而GDP平均每年增长1%–2%。在一个世纪中，资本的回报翻了七番即增长了128倍，而整体经济只增长了8倍。因此，拥有资本的人更加富有，没有资本的人虽然也富了却相对更加贫穷。

在美国，早就有人指出，10%的人拥有90%的财富，而1%更拥有20%的财富。当然，我想这仅是整个社会资本的分配，而不是整个GDP的分配，否则你只能想象富人只挣富人的钱，这不是事实。“得屌丝者得天下”还是有道理的。

最近，作家克里斯蒂·弗里兰在她的TED演讲中也指出这一点，不仅是美国和英国，在中国、俄罗斯、印度和加拿大，在“社会主义”的北欧如瑞典和芬兰，都是10%的富人拥有90%的财富，而剩下90%的人拥有10%的财富。因此，她和皮克提一样，呼吁对资本收税，对富人的收入更课以重税。弗里兰说：“我们现在需要社会和政治变革，需要新政。”

也许皮克提没有注意到，在不远的未来，也许二十年后，也许三十年后，人类将进入一个“富足社会”，除了资本积累增速，富足社会还会带来另一个问题，这就是劳动力过剩，而不是像很多经济学家焦虑的那样，人口老化导致劳动力缺乏。

未来学家库兹韦尔坚称，到了2045年左右，技术发展将达到极致，人类将进入超级智能时代，我们将拥有几乎无限的计算能力，我们将进入光速旅行时代。尽管我不相信库兹韦尔的奇点理论，我还是比较赞同他关于技术发展周期在加速缩短的看法。无论基因工程也好（至少反映在转基因植物中），纳米技术也好，还是人工智能，这些领域的技术发展的倍增周期越来越短。以网络为例，先看个人电脑主导网络的时代，如果我们粗略地认为这个时代开始于 1984 年 IBM 采用个人电脑开放技术，结束于 2007 年的 iPhone1 的发布，那么这个时代持续的时间是 23 年。这个时代等同于非移动网络兴盛的时代，人们在这个时代普遍采用个人电脑处理通信、工作文件、收取信息，甚至网购、看电影，这个时代结束了很多传统的东西，例如电报、传真，更不用说普通信件。接下来是智能手机以及移动网络的时代，还是粗略地看，这个时代起始于苹果公司在 2007 年发布 iPhone1，什么时候结束呢？现在很难看出来。如今，苹果的 iPhone6 也已经推出，这款手机是趋向可变形屏幕手机过程中的关键一步。我们不知道 iPhone6 或 iPhone7 是否将标志智能手机时代的结束，但必须有一款新设备出现才可能真正取代智能手机。假设这种设备将在今后两年中出现，那么，智能手机的时代只有不到十年。接下来，那个新设备的时代也许只有三年。如此类推，新技术是这样加速到来的。

生活的智能化，加上《富足》一书描述的能源的最终解决、粮食问题的解决，我们可以推测，大约在二十年后，整个地球上的人类将不再为能源和吃饭问题操心，个体和群体的生产力大为提高。也许，我们现在担心的人口老龄化问题不再是一个问题，至少老龄人口将不会成为工作人口的负担。二十年后，我们回头来看，也许中国长期的人口计划生育政策显得多余，即使那时中国人口高达二十亿，也完全不是问题。

那时，也许一个人平均一天只需要工作一小时，就能满足我们一切物质需求。这样，一个社会伦理问题就会出现：让大多数人失业，还是每个人每天只工作一个小时？

传统共产主义的梦想——物质的极大丰富就要实现了，但共产主义的美德却不可能人人都有。没有人愿意被平均对待，尤其是那些自认为能力强的人。就像在一个公司，你可以不加班，但别拦着别人加班，他们或许还想升职，还想有一份比你高的薪水。

人也许生来平等，但种种条件所限，生出来长大了就不平等了。二十年后，或者最多四十年后，只需要10%的那些最有创造力的人工作就够了，那么90%的人干什么？去沙滩晒太阳、写诗、被豢养起来？还是每个人平均每天只工作一小时？话说回来，能写诗的人一定是有创造力的人，那么90%的人只晒太阳？这样下去会不会退化，子孙后代变得更加没有创造力，从而宠物人真的诞生了？

我们的担心一点也不多余，事实上，这已经在局部发生了。在传统企业里，结构是立体化的，层层级级中有很多管理人员。今天，例如小米的管理文化，没有KPI，没有管理层，结构扁平化了：每一个人都是一个节点，老板直达下级。据说韩国的Kakao这个拥有五百多名员工的公司中，只有CEO、部长、组员三个级别。不再有什么末尾淘汰制，而是乔布斯的“要么杰作，要么狗屎”。

因此，我们不仅要面对巨大的贫富差距，我们其实将面对一个更加不堪的局面：社会只需要少数精英，而大多数人除了贫穷之外他们的存在都显得“多余”，因为他们更加没有创造力，社会也不需要他们的创造力。诺贝尔经济学奖获得者克鲁格曼在《二十一世纪资本论》出现之后加紧了对“右派”的挑战，认为它将改变一切社会议题的讨论。如果他也意识到未来不仅是贫富悬殊的问题，在解决了资本问题之后，社会还需要解决另一个更加深刻的问题：如何调动整个社会的创造力，而不让多数人成为多余的人，成为宠物人？

当然，存在一个更为光明的可能：届时，所有人将共同进化，这个共同进化的基础是任何人的学习能力、工作能力将被人工智能等进步极大地提高，这样，也许每个人真的每天只工作一小时就行了。人与人之间没有太大的差别。然而，即使在这个前提下，微小的差别也会带来巨大的后果，我们仍然会面对前面提到的两难问题。

丈量时光

神的自言自语
偶尔落在地球上
人类
用自己的时光丈量时光

结局与开始

这是一个喜剧性的结局，在大型强子对撞机轰出希格斯粒子一年多之后，希格斯先生与恩格勒先生一起分享了 2013 年度的诺贝尔物理学奖。他们一位 84 岁，一位 80 岁。

他们等了很多年，说等了 49 年有点矫情，毕竟在论文发表后的一些年里，他们并不知道自己做出了重大理论发现，那是 1964 年。1967 年，温伯格将他们的理论应用到粒子物理中去，发现很好用，不仅将弱作用和电磁作用统一起来，还顺手让希格斯场做了基本粒子的质量的主宰：在希格斯场中运动的代价是不能像光那样轻松自在。

历史是人为制造的，而且还在继续制造。本来，关于希格斯机制的论文一共有三篇，第一篇其实是恩格勒和布罗特合作的，据说比希格斯自己的第一篇阐述该理论的文章早了一个月；第二篇出现的是希格斯的文章；第三篇文章共有三位作者，并且他们都还活着，最大的 81 岁，最小的 76 岁。很遗憾，他们没有能够分享这次的奖金，因为诺贝尔奖一次不能奖给三人以上。既然共有三组人一起发现了叫作“希格斯机制”的理论，为什么这个机制叫希格斯机制？我觉得真正的原因是，温伯格那篇著名文章将希格斯的三篇相关论文列在恩格勒－布罗特文章和古拉尼－哈根－基伯的文章前面。

恩格勒的合作者布罗特 2011 年去世了，如果活着，极有可能分享此次诺奖，他去世时也有 83 岁了。

也就是说，这次诺奖再次印证了几个事实。第一，你不仅要足够幸运还必须长寿。第二，你的物理同行在给事物命名这件事上从来不严谨，正如著名理论物理学家泊里雅科夫很早前抱怨过的，那个明明是别人的作用量为什么用我的名字命名？而明明是我推导的作用量却用刘维的名字命名？第三，最好的工作还是你年轻时做出来的。1964 年时，六个人中最大的布罗特也只有 36 岁。

无论如何，这个奖给粒子物理学家带来了空前的欢乐。它肯定了欧洲核子中心十多年艰辛努力的成果，他们几乎找到了希格斯粒子，或上帝粒子。我说“几乎”的原因是，欧洲核子中心的两个庞大的实验组 ATLAS 和 CMS 找到的新粒子的自旋，以物理学家最严格的标准还没有得到完全证实，虽然几乎没有疑问它的自旋就是我们期待的希格斯粒子的自旋。从 2012 年 7 月 4 日宣布发现新粒子，到 2013 年 3 月，自旋为 0 的可能性最多增加到 99.9%。

物理学家在 2012 年 7 月 4 日已经开了香槟庆祝过了。他们庆祝粒子标准模型中的最后一个粒子的发现，庆祝他们的理论合上了最后一章，更庆祝他们的同行、前辈以及无数技术人员数十年孜孜不倦的追求和努力终于开花结果。

我个人的感觉是，大型强子对撞机一年多后重新启动运行，可能有很长一段时间我们不会听到任何令人兴奋的好消息，标准模型将不断地被证实，特别是希格斯粒子的性质。既然希格斯场赋予基本粒子以质量，那么希格斯粒子与基本粒子之间的耦合强度必须与该粒子的质量成正比，大型强子对撞机在今后数年中得到的无非是这个关系的一再证实。

不排除有出人意料的结果，例如有全新的粒子出现，届时全世界的粒子物理学家将会像打了鸡血一样兴奋。我个人对这种情景的出现保持合理的悲观态度——不错，聪明的理论家们在过去几十年想出了各种各样的好点子来延展标准模型，例如超对称、额外维、比强相互作用更强的作用……这个名单可以一直列下去，毕竟理论家们的大脑没有闲着，他们也一直在竞赛，谁都想成为拿到圣杯的那个人。再说，一茬又一茬新入行的理论家，也需要吸引眼球的理论工作帮助他们找到一个永久教职。

谁也猜不透自然的秘密。15年前，有谁会知道宇宙的膨胀是加速的？那时最大的理论家都在说宇宙中不会存在暗能量，但暗能量的效应在1998年被观测到了，发现的几个主导人物也在2011年获了诺奖。回过头来看看基本粒子理论，有一半的理论家，大的和小的，都说存在超对称。如果历史的经验值得注意，那么我会说，这个世界不存在超对称。

最后，让我们就希格斯机制说几句话，毕竟2013年的诺奖是一次总结性的诺奖，它奖励的工作到底是一件什么样的工作？

希格斯场是这样一种场，它完全不同于物理学家熟悉的电子场，也不同于光子场，更不同于夸克场。这种场存在的唯一目的是让世界看上去是现在这个样子：几乎所有粒子都有质量，特别是电子。万一电子没有质量，它就跑得和光一样快，不可能和原子核组合成原子，从而，地球也许就不存在，人类更加不可能存在。

那么，希格斯场是怎么做到让很多粒子带上质量的？有一个经典的比喻：假设将充满真空的希格斯场变成偶像的脑残粉，这些脑残粉充满了一个大厅。现在，物质粒子进场，这些粒子有些是贵族，有些是名人，最后，还有一位是英国女王。我们想，也许英国女王最有名，最值得脑残粉求合影、求签名，她在这个大厅的行进速度最慢，从而质量最大；其次可能是某些足球明星，比方说贝克汉姆，他行进的速度比女王稍快些；再次是其他名人。

所以，物理粒子因为被希格斯场缠上了，才有了质量，例如电子。但这不是故事的全部。希格斯场的作用还有一个，就是让弱力变成最弱的力（万有引力除外），电磁力变成比弱力更强的力，这就是所谓对称破缺，希格斯场让两种本来相似的力看起来完全不一样了。

蓝光 LED 与日本人的执着

直到生理医学奖公布的前两天我才开始关注 2014 年诺奖的颁布。我知道，反正有人会提醒我关注诺奖，提醒我“预言”一下诺贝尔物理学奖将花落谁家。

造成这种局面当然不是因为我是一个了解所有物理领域的专家，可以肯定地说，世界上没有一个活着的人会了解物理学所有领域。真正的原因大概有两个，第一是过去数年间我喜欢在诺奖公布前做一下“预言”；第二是，在过去的 2008 年、2011 年和 2013 年我都猜中了。我当然不了解所有领域，有几年我没有猜中或者干脆放弃猜测。我猜中和放弃猜测的原因是一样的，因为我知道诺贝尔物理学奖在近二十年来有一个不成文的规则，每五年是一个周期，分别奖给以下五个领域：粒子物理学、光物理、凝聚态物理、宇宙学、原子分子物理。轮到凝聚态物理和原子分子物理，我就放弃猜测。

2014 年 10 月 6 日，我在微博上写道："明天是诺贝尔物理学奖发布会，我去年就预测今年的物理学奖，我的首选是负折射率材料，即超颖材料，如果这个领域获奖，获奖人当然该是 J.B.Pendry、D.R.Smith、D.Schurig。另一个可能是 LED 的发明，至于到底奖给谁就很难说了。"

2014 年的诺贝尔物理学奖又被我猜中也不是什么稀奇的事。我猜到了 LED，却没有猜中是三个日本人获奖。当然，事先我知道中村修二得奖的机会很大，另外两个日本人可能得奖，也可能不得。

除了物理学，我还喜欢猜测谁会获得诺贝尔文学奖，这是极为困难的一件事，所有人都同意文学不像科学那样"硬"，谁得都有可能。但文学是几乎所有人都关心的事，猜测一下很有娱乐性。

回到物理学奖，2013 年获奖的研究是发光二极管。二极管是一个比较"古老"的东西了，由半导体制成，在施加电压之后有单向导电性。我们小时候很熟悉这种器件，二极管是自制半导体收音机时必须用到的。它是半导体制成的一种"结"，在结的两端加上电压，如果是正压就会出现电流，如果是负压就不会出现电流。为什么是单向导电呢？因为它由两种不同特性的半导体构成，其中一种半导体内的电子是自由的，而另一种半导体内的电子空穴（带正电）是自由的。如果运气好，在加上电压后，一端的电子跑到另一端与空穴"湮灭"，释放出的能量以光的形式发射出来，这就是发光二极管了，英文简称 LED（light-emitting diode）。

LED 被发现了至少半个世纪，按照文字记载，甚至有了一个世纪，只是在过去的半个世纪中，LED 被认识到有应用价值。最简单的应用就是电视遥控器上的那个红外光发射灯，这种红外 LED 也是最早被发现的，1961 年被注册专利，1962 年就投入商业生产了。

紧接着红光 LED 也被发现了，这是 1962 年的事。接下来，人们花了十年时间才找到黄光 LED。同时，蓝光 LED 也被发现，只是亮度很低，没有实际价值。

这就要谈到名古屋大学的赤崎勇教授，他是去年三位获奖人中年纪最大的，有 85 岁了。他 35 岁才获得博士学位，快 40 岁的时候才研究蓝光 LED，那是 20 世纪 60 年代末。这事被一度搁置，直到 80 年代，随着更好的氮化镓的出现，他重新捡起老行当继续研究蓝光 LED，那时，他的学生，另一名诺奖获得者天野浩加入了他的团队。虽然赤崎勇在 1981 年就重新捡起蓝光 LED，真正的突破却是他和天野浩在 1989 年做出来的，此时，赤崎勇已经 60 岁了。因此，这位先生带给我们的教训就是：不要忘记自己最想做的事，要一直做下去。

江湖上故事比较多的是中村修二，他的发现将蓝光 LED 真正带到商业应用中。

中村出生于 1954 年，23 岁毕业于德岛大学（你可能不会知道德岛在哪里，这是一个位于四国东部，与大阪隔海相望的城市），两年后获得硕士学位并进入位于德岛的日亚化工工作，那是 1979 年，距他做出重要发现还有 14 年。他在日亚的主要工作是开发磷化镓，这是一种可以用来制造 LED 的晶体。当时，日亚不像现在这么富有（现在的富有当然是因为蓝光 LED），中村修二的条件很艰苦，石英管都需要自己焊接，经常造成爆炸事件。就这样，他辛苦地做了三年。

接着他开始生产砷化镓，这也是一种制造 LED 的材料，同样需要自己艰苦地焊接石英管，一做又是两年。从 1985 年起，中村开始研发铝砷化镓。所有这些材料制造出来不是为了用来自己做 LED 的，而是卖给别人，这么做当然效率太低，中村决定自己做 LED，也成功了。这还远远没有到中村研制出高亮度蓝光 LED 的时候。到了 1992 年，中村从美国学习回来，开始专注改进蓝光 LED，这里面有许多有趣的故事，例如他瞒着公司发表论文，慢慢地将蓝光 LED 的亮度提高到一个坎德拉。

在成功研发出基于氮镓铟的高亮度 LED 后，中村又研制出蓝光半导体激光器。现在，中村手中握有超过一百项的专利。

从中村修二和赤崎勇的故事我们能学到什么？日本人是人所共知的非常倔强的民族，我多年前和他们中的一些物理学家打过交道，切身体会过他们认死理的性格。这种认死理的性格让他们在西方人不能获得成功的地方获得了成功。高亮度蓝光 LED 一向被认为是很难找到的，赤崎勇和中村修二就找到了，他们一个从 20 世纪 60 年代末工作到 90 年代初，一个从 80 年代初工作到 90 年代，而且，中村修二现在还在加州大学继续工作。一个人一辈子能做的事情确实不多，所以才要认死理，看准一件事情做下去，今天做不到那么明天再做，明天做不到后天休息一会以后再做。

关于中村还有一个有趣的故事。据说，中村发明蓝光 LED 的时候，日亚化工给他的奖金只有两万日元，相当于两百美元。另一种说法是，1999 年中村离开公司的时候，日亚试图用六千万日元（相当于六十万美元）买断中村所有的发明。反正，中村不服气，2001 年开始和日亚打官司，将日亚告上法庭，法庭裁决日亚应该支付中村两百亿日元，这可是一大笔钱，约为两亿美元。日亚不服，2005 年，双方最后以 8.4 亿日元（九百万美元）和解。很多人一直误以为中村获得了数十亿美元，其实只有九百万美元。有人说，这也许是中村一怒之下离开日本去美国的原因。

不管怎么样，加州大学圣芭芭拉分校将中村当作一个宝。2009 年，《环球科学》刊登了中村修二和科学史专家赖尔登合写的一篇文章。在文章中，作者开篇就提到，当中村的实验室制造出廉价的绿光激光器的时候，校长杨祖佑亲自赶到实验室去观看。有趣的是，作者在这篇文章中写道："蓝色发光二极管本身并不是一个巨大的革命，但日本日亚化工、索尼和其他一些公司在制作蓝光播放器时都陷入了困境。这些二极管的传统制作方法存在着一些固有的缺陷，成品率低、成本高。"从这段话我们看出，中村并不满意他十年前的成就，一直在制造更多的东西。

最后，我们谈一谈为什么2014年的诺贝尔物理学奖颁给发明蓝光LED的人。首先，仅仅有红光、黄光LED，人们还造不出白光LED，有了蓝光LED之后，不论是利用三原色原理还是用蓝光产生波长更长的光，白光LED的出现就是自然的了。其次，高亮度的LED给实际应用打开了门窗。现在，LED已经进入了普通家庭，其发光效率和寿命远远高于白炽灯。据说，LED效率的提高速度也遵从摩尔定律，也就是说，每过三年就提高一倍。而成本呢？据说每过十年一个流明的成本就降低10倍，而每个LED封装的亮度提高20倍，这个定律叫海兹定律（Haitz's law）。如果这个定律继续成立，到了2020年，LED光源将成为最便宜的光源，假如届时全世界都用上LED，全世界用于照明的耗电将减少一半。

所以，有人说，白炽灯照亮了20世纪，LED将照亮21世纪。这话肯定是对的。

有人抱怨近年来诺贝尔奖有点偏向应用，其实这是一种误解。诺贝尔奖在历史上向来只颁给两类发现或发明：一类是发现了新的物理现象和机制，一类是有巨大应用的发明。前者不用举例了，后者我们可以找到第一个物理学奖获得者伦琴、因为慢中子获奖的费米、发现核磁精密测量的人、晶体管的发现者等。

最后，我想说，不论是诺奖也好，还是人生中的其他荣誉也罢，它们只会落在那些一根筋的人身上，而日本人在这一点上值得我们学习。

自由意志导读
——科学能否回答道德问题

自由意志与决定论

我们的意志是自由的吗？也就是说，我们的行为和做出如何行动的决定是听命于我们自己，还是事先被设定好的？

这是在西方宗教和哲学中存在并被持续争论了两千年的终极问题之一，到了20世纪末，这个问题也进入了科学领域。也许，在不远的未来，科学将对这个问题做出终极裁判。

但是眼下，不论是哲学家还是科学家以及普通人，不得不做出“主观”的选择，相信自由意志或认为自由意志并不存在。具有讽刺意味的是，不论你相信还是不相信自由意志的存在，相信存在的人必然认为“你相信与否都与你自己无关，你不过是冥冥之中那个决定的承载者”。我这么说，自然会引起专家的反驳，因为否定自由意志存在的人其观点因人而异，并不一定是所谓的决定论者。

我们下面再认真定义一下何谓意志，何谓自由意志。在给出这个定义之前，有必要提一下决定论和非决定论。在物理学中，所谓决定论，是凡事都有因；在莱布尼茨的哲学中，称为充足理由律。用在物理事件上，每一个物理事件都是由上一个物理事件或上一串物理事件决定的；用在判断上，就是凡是正确的判断都有一个充分的理由。

当然，我们知道，莱布尼茨的充足理由律在微观物理世界不成立。量子力学告诉我们，任何一个事件的出现只是偶然的，只遵守量子力学的某种概率规律。例如，此刻打在我眼睛中的一个锥状细胞上的某个光子完全是偶然的：首先，这个光子来自某个物体的辐射，这个物体是否辐射由概率决定；其次，我的锥状细胞是否记录它也是由概率决定。

那么，现代人为何还相信决定论？因为多数人认为，在宏观层次上，决定论还是成立的。的确，物理学家虽然发现了一些宏观量子现象，并肯定多数宏观现象是决定论的。但是，物理学家和神经科学家在大脑的运作机制上的判定发生了分歧，到现在为止，没有人能够肯定大脑的过程都是经典物理过程。

这样，哲学家兼文学批评家G · 史卓森将观点（或人群）分成九类，视其在决定论和自由意志两个问题上的立场而定：

	1	2	3	4	5	6	7	8	9
决定论	正确	错误	正确	错误	正确	错误	?	?	?
自由意志	错误	正确	正确	错误	?	?	错误	正确	?

我们看到，前四类对两个问题都有立场；后五类不是对决定论是否为真存疑，就是对自由意志存疑；第九类最犹豫不定，对两个问题都存疑。

第一类是强决定论者，我想中国大陆的很多工科生都是强决定论者，这很像山姆·哈里斯（Sam Harris）。第二类叫作自由意志主义者，或自由意志论者，我本人目前的立场就是如此，这一类的观点和第一类完全相反。第三类人常常叫作相容论者，因为他们既相信决定论又相信一定程度的自由意志，这也并不奇怪，因为外部世界是决定论的，我们的决定也会受到外部世界影响；当然外部世界不是全部，我们有所谓“主观能动性”。而史卓森本人属于第七类，他完全排除自由意志的存在。

不相容论者的范围比较大，覆盖了除3、5、8的所有各类。

自由意志与哲学及伦理

那么，什么是意志？它与英文对应的词是will，这个词，中文解释是，决定达到某种目的而产生的心理状态。我们现在谈的是个人的意志，不涉及群体。will这个词的英文解释是，某个故意行动的原因，这是哲学上的定义，与中文类似。在心理学中，与will相似的一个词是volition，是指决定做一件事的认知过程。在认知科学中，随着我们对大脑过程认识的加深，will的定义也将会发生变化。

自由对应的英文词是free，这里free与随机不同，只是没有约束的意思。free和will放在一起，构成自由意志，却不是随机决定的意思。随机其实也是不自由的。举例来说，在物理过程中，典型的随机过程是布朗运动，液体中悬浮的花粉在无数看不见的分子撞击下做无规行走，这明显不是花粉的自由意志。其实，仔细分析，布朗运动的无规行走看上去无规，但假如你知道了所有分子的行为，你还是原则上能够解释的。所以，随机有时也不自由。

自由意志，在我的理解，是大脑中自发的那一部分，但这自发的理由并不随机，而是看上去有道理。比如我现在决定去读书，如果是我的自由意志决定的，它一点儿也不违背常理；但如果我现在决定去撞墙，就有点不理性了，除非我有去撞墙的理由，例如对某事表示愤慨。

希腊哲学没有大张旗鼓地讨论自由意志，甚至没有自由意志这个概念，但苏格拉底的道德论已经涉及人类行为的善，以及人类对行善的支配权。到了晚期希腊哲学，斯多亚派认为人在宇宙面前没有自由，只有服从；伊壁鸠鲁派则持截然相反的看法，认为偶然性导致人的自由意志，人有选择权。自由意志问题最早涉及人类如何面对自己的善恶问题。

到了基督教，自由意志问题就成了根本问题之一。从《圣经》看，上帝虽然创造了人，但他给予人自由，后来夏娃和亚当就是出于自由而受到恶魔的引诱吃了智慧树上的果子。约翰·弥尔顿写的《失乐园》中详细描写了天使的背叛，也就是，上帝虽然全知全能，但他也赋予了天使自主决定的自由，这就导致了神学哲学中的魔鬼难题：既然上帝创造了魔鬼，魔鬼是恶的，为什么上帝要创造它，并且最后还要惩罚魔鬼？这是自由意志问题的另一个表述：如果上帝给予魔鬼和人以自由意志，为什么不让自由意志的使用为好目的服务？这和上帝的全能是否矛盾？

在基督教中，奥古斯丁主张人有自由意志，他认为如果将恶归结于人类与生俱来的本性，则为犯罪找到开脱的借口。他用新柏拉图主义的理论来为基督教的教义背书：上帝是至善的，但作为上帝创造物的人类不是至善的，所以就有了恶，恶是人类自由意志的产物；惩恶扬善，就是值得弘扬的了，从而也是正义的。到了托马斯·阿奎那（13 世纪），他认为自由意志是存在的。15 世纪到 16 世纪的马丁·路德是决定论者，也就是说，他不相信自由意志是存在的，这和《圣经》相悖。《圣经》中，上帝虽然创造了人，但赋予了人以自由意志，所以人要为自己的行为负责。

哈里斯曾列举一些具体的例子，说明犯下至恶罪行的人在小时候可能遭受过虐待，或者，在大脑或基因中早已种下了种子，所以我们不能将犯罪本身完全归罪于罪犯本人。他的雄辩有一定道理，但我们不能将这些例子当作人类没有自由意志的理由。冲动有时固然不可克制，冲动有时可能早就种下恶因，但不能说我们就失去了控制冲动的理由，更不能由此推论我们的一切行为都是由外因导致的，甚至极端地说我们的行为在宇宙大爆炸之初就被决定了。

自由意志与物理学

这就将我们引导到讨论自由意志与物理学的关系问题。

前面已经谈到，微观物理世界中，非决定论占主导。早在20世纪，海森堡通过对原子的研究告诉我们，我们无法预测电子在下一个时刻的位置，同样，我们也无法预测任何基本粒子在下一个时刻的行为，这种不可预测性是根本的。表面上看，这是自然界对人类非常不友好的举动，但是，正是由于基本粒子的不可预测性，我们的世界才是稳定的，否则原子在极短的时间内就会消失。

以爱因斯坦为代表的部分物理学家不愿意放弃经典决定论，他们认为，表面上的不可预测性只说明量子论是不完备的理论。可是从20世纪60年代开始，物理学家们通过实验揭示，量子论是完备的，不存在遵从决定论的更加完备的理论。也就是说，在根子上，我们的世界是非决定论的。

多数认知科学家和神经科学家并不认为大脑的认知过程涉及非决定

论的量子过程，例如，神经元之间传递信号以及保存信号看上去是电过程。有少数神经科学家例外，他们会像数学物理学家罗杰 · 彭罗斯那样，相信大脑神经元运行机制在根本上利用了量子效应。彭罗斯走得最远，他认为大脑的关键过程甚至与时空的量子力学有关。

我们也许不会像彭罗斯那样走得太远，但至少要考虑研究认知过程是否涉及量子效应，这就要求我们设计完全不同于过往的实验，而不仅仅是测量大脑的电信号。

有趣的是，20 世纪 80 年代，心理学家本杰明 · 李贝特（Benjamin Libet）做了一些认知实验，发现人在感知决定和行动之前，已经有潜在的大脑活动，也就说，决定的做出应该没有被直接感知。这导致心理学界对自由意志问题的讨论。一方认为，未被感知的决定其实就是决定论的，不是人的自由选择；另一方认为，未被感知的大脑过程和被感知的过程不应该被划分为完全不同的性质，未被感知的过程，例如发生在右半脑的过程，未必不是人的自由选择。这里，我将“人的自由选择”定义为大脑的自主决定，这个决定不能由更早的大脑和周边状态推断出来。

2006 年，两位懂得量子论的普林斯顿数学家，西蒙 · 柯亨（Simon Kochen）和约翰 · 康威（John Conway），证明了一个令人惊讶的定理。定理的陈述涉及自由意志，所以这两位数学家将这个定理称为自由意志定理，这个定理原则上是量子力学的一个定理。这里，我不打算用严格的数学语言陈述这条定理，只稍微解释一下定理的含义。我们知道，人是通过实验来了解这个世界的，即使不是科学家，也是通过观察来了解世界的。我们说太阳每天都会升起，因为我们过去每天都看到太阳升起了。太阳每天升起是一个规律，在更深的层次上，这个规律是牛顿力学和万有引力的推论。在宏观世界中，我们看到的都是这种决定论的规律。

在微观世界中，我们说过，我们无法预测电子在下一个时刻的行为。比如我们用荧光屏来测量电子的位置，量子力学只能告诉我们电子在荧光屏上位置的可能分布。那么，在测量那一刻，电子是否自己决定要在哪个位置出现？柯亨和康威告诉我们，如果测量电子位置这个决定是由我们的自由意志决定的，那么，电子在哪个位置出现也不是由电子过去的历史甚至整个宇宙过去的历史决定的，而是电子“随意决定”的，因为电子在“做决定”之前，由于并不知道观测者要测量它的位置还是速度，还是别的方面，它只能“临时做出决定”（换句话说，如果观测者有自由决定选择测量的方向，即电子自旋的方向，那么其呈现的结果就是自由的而不是决定论的）。

自由意志定理是一个十分反直觉的定理，两位数学家从根本上否定了笛卡尔的二元论。笛卡尔的二元论认为，外部世界是决定论的，而人可以自主，是非决定论的。柯亨和康威证明了，要么人和外部世界都是非决定论的，要么人和外部世界都是决定论的。当然，这条定理不能证明人有自由意志。

无自由意志导致的悖论

如果人从一出生开始就失去了自由，完全听从别人的指令，我们当然会认为他很可怜，简直比奴隶还可怜。

同理，人如果没有自由意志，一切如同强决定论者或行为心理学派认为的那样，只是事先被设定的，无论他犯罪或做好事，我们都觉得与他本身无关，这是不是也很可怜？

山姆·哈里斯的主要观点是，即使知道我们是不自由的，但我们有自由的幻觉，就将幻觉当作真自由，同时，对那些不由自主犯下罪行的人，我们要考虑到他们不由自主的处境。哈里斯的信念在逻辑上是可能的。

当然，目前我还是自由意志论者，所以我不会觉得自己可怜，更不会觉得下面的一些悖论会困扰我（但这不妨碍我认为人的行为有部分受先天和环境影响的成分）。

一个最简单的悖论是懒惰者悖论。假设小明是一个强决定论者，认为与他有关的一切都已经不可更改了，他就会遇到如下的两难处境。小明第二天要考数学了，他知道，他的考分已经是板上钉钉的事了。他又觉得，如果晚上复习一下，会考得更好，也许能及格；如果不复习，他肯定不及格。那么，他到底复习还是不复习？如果考分是事先被决定了的，复习不复习岂不是都一样？但是，直觉上看，复习和不复习的结果当然会不一样。另外，复习或不复习是不是也是事先设定好的？这是懒惰者悖论，很绕人。

一个更加绕人的悖论是纽科姆提出来的，1969 年由另一个人在一篇哲学文章中分析并发表。为了帮助我们记住这个悖论，我们将它改名为两个盒子的悖论。

假设有一个全知者给你两个盒子，A 和 B。A 是透明的盒子，里面装有一千美元，B 不透明，可能是空的，也可能装有一百万美元。现在，你来参加这个游戏。游戏要求你选择只拿那个不透明的 B 盒子，或两个盒子都拿。

全知者根据你的行动决定是否在 B 盒子里放一百万美元：如果你只拿 B 盒子，那么就在里面放一百万；如果你两个盒子都拿，就不在 B 盒子里放任何钱。

如果你是决定论者，认为全知者已经知道了，你一定拿 B 盒子，因为他会在里面放一百万。如果你两个都拿，你也只能得到 A 盒子里那看得到的一千美元。

如果你是自由意志论者，你会这么推理："全知者以为他自己知道了，如果他推测我只拿 B 盒子，就在里面放了一百万；如果他推测我两个都拿，就不在 B 盒子里放钱。反正他已经决定了，并且不能改变自己的决定，我只拿 B 盒子，要么什么也没有，要么是一百万；但如果我两个都拿，要么是 A 盒子里的一千，要么是一千加一百万，反正比只拿 B 盒子多了一百万。"

大家就这两种不同的选择争论得没完没了，因为确实每一种选择都有道理。相信宿命论的总有一百万好拿，不相信的觉得自己总会多拿一千美元。

奇怪的是，不相信宿命论的人却相信因果律，既然决定已经做了，哪怕是全知者做的，他也不能改变了；相信宿命论的，认为全知者连你的行为也预测了，你只好选择最好的结果。

发表纽科姆悖论的诺齐克说："奇怪的不是每一个人都有确定的选择，奇怪的是做出不同选择的人居然是一样多的。"

站在宿命论即一切都被事先设定好的立场上看，我们怎么解释这个悖论？如果我只拿 B 盒子，我当然应该得到一百万，因为全知者设计了我只拿 B 盒子。这个有趣的悖论告诉我们，全知者自己并没有选择，他不能让 B 盒子空着，因为他知道参加游戏的人不傻。

事情并没有完

我们不可能仅仅靠哲学思考和设计悖论来解决自由意志是否存在的

问题，也不可能仅仅靠简单的对大脑电信号的测量来解决这个问题。同样，仅仅靠量子力学的非决定论我们也推不出自由意志。

自由意志是否存在的问题与人类大脑如何工作密切相关，这个问题会驱动我们更加深入地研究认知科学以及意识问题。我们每一个人在稍稍思考了自由意志问题之后都会被带入天人交战的处境——“天”自然是我们改变不了的条件，包括整个宇宙的历史、宇宙大爆炸、我们的父母将我们生下来、这个社会在我们发育和受教育的过程中给我们提供的帮助以及没有给我们提供的便利；而天人交战中的“人”，就是我们自己。

自由意志是否存在涉及伦理和法律，涉及我们的心理状态甚至我们对自己的期许，还会将我们带入过去没有思考过的一些哲学问题。

弦论与平行宇宙

“平行宇宙”现在成了一个很时髦的词汇。

我试图找到“平行宇宙”这个词汇最早的来源，还是失败了。不论这个具体词汇起源于何时，平行宇宙或平行世界的思想早就出现在神话和哲学中。在中国，海外仙山就是另一个世界、另一个宇宙；在希腊，奥林帕斯当然也是另一个世界。而与当代平行宇宙思想最为接近的是柏拉图主义中的其他可能的现实。

在弦论之前，现代物理学首先出现的平行世界是量子力学的多世界解释。我们知道，在量子论中，对一个客体的测量结果是不确定的，任何一个可能的结果都以某个概率出现。传统的哥本哈根解释是，测量导致客体波函数的塌缩，它塌缩到这个测量结果对应的具体值上。更晚出现的多世界解释不借助这种神奇而不可预测的塌缩，直接认为每一个可能的结果其实都是实现了的，只不过，不同的结果出现在不同的世界中，这些世界互不相干，所以不会出现矛盾。这个解释是艾弗雷特在1957年提出来的，那时，他是普林斯顿大学的一位研究生。

我们用著名的薛定谔猫实验来理解这个理论，会发现其实这是更加神奇的多世界解释。在薛定谔猫的实验中，一只可怜的猫被关在一只箱子中，当然，这只箱子里面有空气，这样猫可以活得挺好。不过，猫的对面有一把枪，这把枪的扳机可以被一个含有放射性元素的装置启动。这个放射性元素可以是一个单独可衰变的原子。如果这个原子衰变了，枪就被启动，猫就会被杀死；如果这个原子不衰变，猫继续活着。我们知道，根据量子论，原子可能衰变也可能不衰变。当实验者打开箱子时，他不知道猫是活着还是被杀死，因为猫的生死状态和原子的状态相关。薛定谔的问题是，猫不可能既死又活着。那么，多世界是怎么解释的呢？当你打开箱子，猫不是死就是活着，你打开箱子的行为导致了一个确定的结果，导致了你和猫进入了同一个可能的世界，在这个世界中，猫不是死就是活着，而不可能在死和活的叠加态中。每一个测量行为，都导致平行世界的分叉，这就是多世界解释的核心。

一个可能的例子是，十几万年前，某个宇宙射线在某个女性直立人的卵巢中通过，导致了两个可能的结果。在一个世界中，这个直立人的一个卵子基因被改变，产生了一个智人后代，从此，地球上有了智人。在另一个世界中，宇宙射线没有和女直立人身体发生任何作用，地球仍然是直立人在统治——或者说，直立人一直生活在非洲，没有统治整个地球。

以上说的是量子论的平行宇宙——多世界。在现代物理学中，另一种平行世界理论就是多元宇宙论，这个理论与弦论关系极大。

我开始被弦论吸引的时候，还是20世纪80年代中期，那时，发生了所谓弦论第一次革命。在第一次革命之前，弦论只是少数几个人研究的玩具，没有多少物理学家重视它。1984 年，三组不同的物理学家发表了三篇论文，其中一篇论文是一直坚持研究弦论的两个物理学家写的，他们发现弦论可以是自洽的量子理论。这很重要，因为弦论包含万有引力，而在过去，人们一直认为万有引力不是自洽的量子理论。第一组人同时预言了一个可能包含粒子物理的弦论存在；第二组人在普林斯顿，他们直接构造了这个可能包含粒子物理的弦论；第三组人则证明，这个可能包含粒子物理理论的弦论真的包含了粒子物理理论。在这种情况下，弦论不可能不引起大家的重视。

我就是在这种热潮中进入弦论研究的。从 1984 年到 2000 年这十六年间，绝大多数研究弦论的人相信弦论不仅是唯一正确的统一物理学的理论，同时还会预言唯一的宇宙。在这个宇宙中，万有引力常数是 6.67 乘 10 的负 11 次方（6.67×10^{-11}），单位是米千克秒制，而电子电荷是 1.6 乘 10 的负 19 次方（1.6×10^{-19}）库仑。换句话说，弦论不仅仅是正确的理论，也是唯一可能正确的理论，因为它预言的世界是唯一的。

那时，很多物理学家——例如大卫 · 格罗斯——是这样相信的，也是这样宣传的。我也是这样相信的。在 1994 年到 2000 年之间，我对正确理论和宇宙的唯一性的认可得到了所谓弦论第二次革命的强心剂注射的支持。弦论第二次革命带来的成果是，弦论也是唯一的，很多不同的弦论仅仅是一个更大的理论在不同情形下的不同表现，就像水在不同条件下可以是液态水，也可以是冰，还可以是水蒸气。那个更大的理论叫作 M 理论。M 是一个来历不清的字母，可能代表神秘（mystery），也可能代表母体（matrix），也可能代表母亲（mother），反正，很多人认为，在不远的将来，我们将计算出粒子物理中的所有参数，包括前面提到的电子电荷以及万有引力常数，例如，我们不仅算出电子电荷是 1.6 乘 10 的负 19 次方（1.6×10^{-19}）库仑，我们还会算出 1.6 后面的小数，比如说，1.6021765。

遗憾的是，那个胜利的时刻一直没有到来，甚至可以说，2000 年出现的一篇论文预告了这个时刻永远不会到来。这篇改变弦论乐观处境的论文是泡尔钦斯基和布索合写的，这篇论文同时为我们带来所谓的多元宇宙。

那么，这两位物理学家在这篇论文中到底说了什么？他们所做的事情，其实物理学家本该在 1995 年左右就能做到——他们发现，由于 M 理论的灵活多变性，可能存在很多不同的宇宙，从而，电子电荷不但不是唯一的，甚至在别的宇宙中，根本不存在电子。

M 理论是一个十一维的理论，其中一维是时间，十维是空间。我们生活的宇宙只有三维空间，另外七维哪里去了？物理学家的解释是，另外七维是微观的，我们根本不可能看到，除非我们能够造出功能强大的加速器。这些七维微观空间形成一个十分复杂的、看不见的世界，但这个世界不是唯一的，从而，它为我们带来的宏观世界也不是唯一的，因为，所谓电子、夸克等基本粒子，与这些看不见的空间关系极大，不同的看不见的空间不仅为我们带来不同的基本粒子，也为我们带来不同的宇宙学常数。两位物理学家证明，所有可能的宇宙数量巨大，可能比 10 的 200 次方（10^{200}）更加巨大。你想想这个数字，比我们宇宙中的基本粒子数还要大得多！

从 2000 年的这篇文章开始，物理学家渐渐写出很多论文，都在论证弦论中宇宙不是唯一的。读者可能觉得奇怪，为什么物理学家热衷于证明弦论中的世界不是唯一的？这就需要谈到 2000 年左右的一个重要发现：宇宙加速膨胀。

我们一直认为在宇宙中，除了电磁力和亚原子力外，只有万有引力了。万有引力由于是引力，可以不断地叠加，所以，在宇宙中，万有引力其实是最强大的力。在这种力作用之下，才会有行星、恒星，才会有银河系。同样，物理学家一直认为，宇宙虽然在膨胀，它的膨胀速度必然会慢慢变小，因为宇宙中所有天体都是互相吸引的，这个吸引力将使得膨胀的速度慢下来。

1998 年，宇宙学家通过观测发现，宇宙膨胀不是在减速，而是在加速，这让很多人震惊。当然，物理学家也不十分吃惊，因为早在 20 世纪早期，爱因斯坦本人就曾经在他的理论中引入普适的斥力，用来平衡万有引力，从而构造出一个静态的宇宙。后来，天文学家发现宇宙膨胀，爱因斯坦就抛弃了普适斥力。很多年后，宇宙被发现真的在加速膨胀，物理学家又将爱因斯坦的普适斥力捡回来了。

问题是，为什么这种普适斥力很小？用一句行话来说，为什么引起普适斥力的暗能量很小？既然弦论是最基本的理论，它必须对此做出解释。这是 2000 年泡尔钦斯基等人写那篇论文的目的。

他们说，既然存在不同宇宙，那么在不同的宇宙中就会存在不同的暗能量。恰好在我们这个宇宙中，暗能量不仅存在，而且很小，小到足以让恒星可以形成，人类可以出现。

既然存在很多不同的宇宙，那么，在我们这个宇宙之外，就会有很多不同的宇宙，在那些宇宙中，可能没有电子，也可能存在两种不同的电子；可能没有暗能量，也可能存在很大的暗能量导致宇宙不可能长大。

你相信这个理论吗？直到现在，我也不确定我是否真的相信这个理论。

魔鬼难题与多世界

本来打算以含有“上帝”的字眼为题，想想上帝这个词对我们很多人来说是个敏感词，于是改用“魔鬼”。

加拿大物理学家丹·佩奇（Don Page）写过一篇文章，试图用量子力学来论证上帝的存在。

在基督教中，上帝是至善的，这样就产生了一个两难问题。既然上帝是至善的，为什么他创造了一个充满苦难的宇宙？如果智慧生物存在，他们能够感受到苦难，这就和上帝创造世界的目的有所矛盾。他是至善的，为何不让有感觉的生命免于苦难？

苦难和恶都是坏的，都属于魔鬼，所以这个难题又叫魔鬼难题。这个难题还可以缩小范围：既然魔鬼给世界带来恶和苦难，上帝为何还让魔鬼存在？在基督教中，魔鬼是堕落的天使，上帝为何允许他堕落？

我在学生时代就知道佩奇了。我 1978 年上大学，是年他以剑桥大学的研究生身份发表第一篇文章。他是霍金的学生，却在研究生期间独立发表文章，直到毕业后去了宾州州立大学做博士后才和霍金合作了一篇论文，这也是他被引用次数最多的文章。近些年来，佩奇最感兴趣的问题是多重宇宙问题。

多重宇宙有两个完全不同的图像，或理论。目前最被注目的理论与弦论有关，以及与暴涨理论有关。弦论一直被当作我们宇宙的终极理论，可惜的是，大约十年前，人们发现弦论中存在几乎无限多个解，而只有一个解对应于我们的宇宙，绝大多数解与我们的宇宙完全不同，包括大小、历史的长短，以及相互作用的种类、是否有生命。后来，有一些人发现这种局面很好，可以用来解释我们为什么存在：因为众多宇宙都存在，而我们恰好生在一个允许生命存在的宇宙里，所以我们存在了并问我们为什么存在——这是人择原理的一种表述。

另一个理论的更流行的说法是多世界理论，是休·艾弗雷特（Hugh Everett）在1957年发明的，他的理论是量子力学的一种解释。在量子力学中，我们知道，任何一个事件是否发生是概率的，由波函数决定。传统的哥本哈根学派解释道：当一个观测者做测量时，他以及仪器与被测量的系统发生相互作用，导致被测量的系统波函数发生塌缩，塌缩到某个物理量具有固定值的那个波函数。塌缩理论与量子力学的其他要素完全不同，是一种非幺正过程，或者说是损失信息的过程。在艾弗莱特的解释中，波函数没有塌缩，每做一次测量，测量者和被测量者将处于纠缠态中，而且有无限多个纠缠态，测量一次，每个纠缠态都实现了，但处于不同的世界中。因此，这个解释叫作多世界解释。

举一个例子，一个光子进入我的眼睛，我的眼睛或者吸收它，或者没有吸收，所以世界分裂成两个世界；在一个世界中，我的眼睛吸收了光子；在另一个世界中，我的眼睛没有吸收光子。一个更加离奇的例子是，在一个世界中，你和你女朋友结婚了；在另一个世界中，你们没有结婚。世界就这么不断地分裂着。

大家都知道薛定谔猫难题。在多世界解释中，这只猫在一个世界活下来了，在另一个世界死了。活下来的那个世界，是恶比较少的世界（对于猫来说），猫在其中死去了的那个世界，又多了一个不幸事件。

佩奇从 2006 年起就研究第一种多重宇宙理论，在 2008 年就写了第一种多重宇宙与上帝的关系，到了 2009 年，他开始研究量子力学的多世界理论，2012 年 12 月还写了一篇从神学来理解多世界解释的文章。

在第一种多重宇宙理论下，我们用人择原理而不是上帝创造论来解释人类的存在。无神论者如斯蒂芬 · 温伯格（Steven Weinberg）将多重宇宙当作没必要引入上帝的理由。

毫无疑问，如果我们生活的宇宙是唯一的，我们确实面对难以解释的问题，暗能量为什么恰好这么小而允许星系和太阳系的存在？核力为什么恰好这么大而允许重原子核的存在，而重元素又是人类存在不可或缺的？智慧设计论者认为这些难题正好可以用智慧设计来解释。

在多重宇宙理论出现后，我们就不需要解释这些问题了，因为在众多的宇宙中，总有一个是我们的宇宙。那么，佩奇如何为上帝的存在辩护呢？他的主要论点是，多宇宙恰好比单一宇宙更简单，上帝创造多宇宙比创造单一的、被微调的宇宙更简单。

其实，我倒觉得佩奇的论点是对魔鬼难题的一个回答。他的出发点是，上帝是至善的，我们这个宇宙是最好的。

他认为，这个出发点比科学中常用的出发点要好。科学的出发点是，最正确的理论是最简单的。换句话说，我们的宇宙之所以存在，因为解释它的理论最简单。然而，我们会问，什么叫最简单？如何判断一个理论比另一个理论更简单？是弦论最简单，还是一个认为什么都不存在的理论更简单？

如果我们接受佩奇的建议，相信我们的世界是最好的，那么我们需要给“好”下一个定义。这离不开自觉生物的存在，因为对一个无生命的物体来说，无所谓好坏。一个生物感到幸福，那么就是好的；更多的生物感到幸福，那么就是更好的。既然如此，我们这个世界为何存在不幸？为何存在恶的行为？人为何会死？

佩奇认为，如果上帝存在，那么他不会以单个个人的标准来定义“好”，他会以整体的感受为标准来定义“好”。也就是说，两个人都感觉好，比一个人感觉好会更好。如果上帝自己也感到好呢？那就最好。

上帝完全可以让这个世界没有苦难，这样，他就该设计一个动力学理论来代替量子力学。例如，可以设计一个新的量子力学，其中每次测量导致的波函数塌缩是唯一的，并且这种塌缩总是给出好的结果。再如，在新量子力学中，薛定谔猫不会死。假如这样，新量子力学能够保证人类存在吗？这是一个问题。毕竟，人类存在是一个非常偶然的事，很难通过决定论来实现。

在多世界解释中，凡是可能发生的都发生了，尽管不在一个世界中，人类的存在也是得到保障的。在存在得到保障的前提下，苦难却是不可避免的。在一个世界中，你生活得很痛苦，但在另一个世界中，你很幸福，所以“好的总和”并不小。另外，一个简单的量子力学定律成立，在上帝看来是美的，他的感受是好的。上帝会牺牲一些以使人类更幸福，但他不会牺牲自己的所有感受。

以上，就是佩奇觉得神学（一神论）与多世界是吻合的主要原因。

在佩奇的论证中，自由意志问题也出现了。佩奇认为自由意志不存在，不过他也认为无法用“我们的世界是最好的”这个前提来排除自由意志。我倒是认为，自由意志与智慧息息相关，我对智慧是信任的，所以我也信任自由意志。自由意志以佩奇的论点来看，应该会增加好的感受，而不是相反。

我觉得佩奇这个论点很有趣，尽管还存在很多问题。例如，如何将“好”量化？如何猜度上帝的“好”？

还有，他的理论表面上还与费米悖论有关。也即，如果感受到好的生命多了，这个世界会更好，但为何我们至今没有看到外星人？或者是因为我们不幸生活在多世界中的一个非常贫乏的世界？

物理学与生命科学的分岔

在中国，“宗教”因为历史的原因变得几乎和“迷信”是同义词。事实上，形而上的宗教以回答宇宙与人的终极问题为旨归，即使基督教中的人格化上帝也带有宇宙精神的形象。在中国出现真正意义上的宗教之前，道家和其他哲学流派只能被看成哲学而不是宗教，后来，从道家衍生出来的道教无法脱离多神教的根本缺陷，即神秘主义以及非理性，甚至认为世界是无规律的，神仙可以率性而为。

我不想就现代依然盛行的宗教来探究它们形而上学的本质，只想指出一点，世界三大宗教无一不是以“道”为至高之神，当然，佛学中没有神，却有类似的形而上学追求。世俗化的宗教当然摆脱不了人格化的神，更多情况下也摆脱不了迷信，但这类对宗教的理解以及依附与原来意义上的宗教无关。

宗教催生现代科学，这本是无可异议的事实，但到了当代中国，居然成了几乎无人知道的事情，至少在学习科学的学生中间是这样。在多数人看来，宗教，特别是基督教，一直是科学的反面，科学在发展初期受到基督教的迫害，科学以反宗教为己任，这与历史事实相距不可能更远了。

当我写《三体中的物理学》第一章的时候，我要厘清刘慈欣写这部大部头科幻的目的，至少也要知道他主要想表达什么。想明白之后，就将第一章的题目定为《宇宙与智慧》，因为刘慈欣真正的目的是探索文明与文明之间的关系、文明将如何延续，以及智慧在宇宙中的位置。他在《三体Ⅲ》的最后，甚至让文明改变了宇宙的命运，不得不说，在他看来，宇宙并非完全由自然力主导，智慧也会起到很大的作用。

在牛顿之后，我们越来越以为宇宙是完全脱离人的一个自动机，它的客观性，它的运程完全与人类无关，这就导致了极端无神论的出现。我本人并不认为极端无神论是错的，至少我们还无法证明它是错的。我本人更倾向不可知论者的立场，其中有两个原因。第一，我们无法确知宇宙在大爆炸“之前”发生了什么，我们也无法确知我们这个宇宙到底是自然生成的，还是某个“史前”物理学家在实验室制造出来的，甚至是一个超级程序员做出来的虚拟世界。当然，万一发生了这种事，这些“神”不是超自然的，恰恰是自然的，与科学不但不矛盾，还十分吻合。宇宙学研究的结果，也许更倾向于宇宙的自然生成，我们的宇宙可能起源于简单的量子涨落，所以，霍金在《大设计》中彻底抛弃了超自然神，但他也没有谈及“自然神”。在量子力学之后，很多物理学家开始认识到科学首先是人的科学，你可以说宇宙在人类之先，但不能说科学在人类之先。而一个有规律的宇宙在科学之后，所以也在智慧之后。量子论告诉我们，没有所谓脱离观测者的客观性质，观测者与被观测系统无可分割，这样就动摇了过去机械的宇宙观，宇宙不是一个开动起来就自己转动而与观测者无关的钟表。

宗教中的形而上学精神还不仅仅是创世的神，它与科学追问的终极问题更密切相关。即，有没有终极规律？宇宙是逻辑上的唯一可能，还是众多其他宇宙中的一种？人在宇宙中的位置是什么？最后一个问题，有很多分支问题，比如说，智慧在我们这个宇宙中出现是偶然的，还是必然的？如果是必然的，那么我们这个宇宙中的各种物理学常数是经过精心微调从而让生命和智慧成为可能，还是像道金斯说的是进化的必然结果？也就是说，即使宇宙不存在重元素，不存在有机物质，生命也会进化出来？

道金斯不过是众多极端无神论者中的最著名的一位。毫不奇怪的是，很多极端无神论者是研究生物学出身。这是因为，一百多年的生物学研究的发展趋向非常类似于19世纪和19世纪之前的物理学发展，是一种还原论式的发展，将生命约化成细胞，细胞再约化成DNA和其他大分子，再约化成基因。在很多现代生物学家眼中，一个人不过是一堆自私的基因为了延续的承载物，这么看来，人类的大脑和智慧除了为实现这些基因的延续，再没有其他任何意义或目的。

果真如此吗？著名物理学家兼科普家保罗·戴维斯在他的《上帝与新物理学》中写道："具有讽刺意味的是，一直走在各种学科之前的物理学现在正对精神越来越倾向于肯定；而生命科学则仍旧走在上一个世纪的物理学的路上，现在正试图完全取消精神。"心理学家哈罗德·莫洛维茨则对物理学和生命科学如此转换对精神的刊发提出了如下的评论：

实际情况是，生物学家们以前认为人的精神在自然界的分类等级之中占有一个特殊地位，现在则义无反顾地走向赤裸裸的唯物论，而 19 世纪的物理学就是以唯物论为其特色的。与此同时，面对着咄咄逼人的实验证据的物理学家们则脱离严格的、机械的种种宇宙模型，转而把精神看作在一切物理事件中扮演着一个与事件不可分离的角色。这两个学科就像是坐在两列逆向飞驰的火车上的乘客，彼此都没注意到对面开过来的火车上正在发生什么事。

暗物质粒子到底何时现身

2013 新闻背景

历时 18 年，由诺贝尔奖得主、美籍华人物理学家丁肇中主持的阿尔法磁谱仪（Alpha Magnetic Spectrometer）项目终于公布了第一个实验结果，文章发表在《物理评论快报》上。该项目对宇宙中究竟是否存在暗物质有望给出一个明确的结论。

2013 元宵节前，传来丁肇中先生领导的一个大型太空实验发现暗物质的消息。好几家媒体要我谈谈看法或写点东西介绍一下。当时只有英国 BBC 一家新闻媒体，而且语焉不详，我认为谈这件事还太早。

不仅媒体在等，研究暗物质的同行更在焦急地等，毕竟，从天文学家第一次推测暗物质的存在到现在已经过去了 80 年，从天文学家作为一个社会构成整体承认暗物质的存在也过去了 30 年，我们只是由对大型天体系统的观测间接地推测暗物质的存在，还没有人直接探测到暗物质。

那么，丁肇中的团队到底做了什么？他们终于在 2013 年 4 月 3 日发表了一篇论文，我们终于可以从这篇论文直接解读他们到底发现了什么，而不必从丁肇中谨慎的演讲以及他的面部表情中解读这些内容了。

丁肇中团队的实验的正式名称叫作阿尔法磁谱仪，这是一台固定在国际空间站上的设备。现在正在运作的阿尔法磁谱仪已经是第二代了，于 2011 年 5 月发射。因为是第二代，物理学家用简称 AMS-02 来称呼它。这个实验总造价是 15 亿美元，曾经引起争议。不过，经过 19 个月的观测，AMS 发表的结果足以证明，这笔钱是花得值的。

天文学家推测暗物质存在

那么，暗物质是什么？各国政府为什么舍得花大价钱建造 AMS 和其他一些暗物质探测设备，以试图找到这种看不见、摸不着的物质？

1932 年，荷兰天文学家奥尔特通过对银河系中的恒星的运动来推测银河系面应该有更多的质量，也就是说，有一些隐藏的质量不能用可见的恒星来解释，事后他的结果被认为是错误的。奥尔特是一个高产的天文学家，太阳系外围的奥尔特云就是以他的名字命名的。1933 年，瑞士天文学家弗里茨 · 兹威基研究了由星系结成的星系团，得到类似的结论。他研究的对象是后发星系团，这是一个巨大的星系团，含有上千个星系。不过，兹威基推测的暗物质质量实在太大了。

天文学界真正积累了暗物质证据的时代是 20 世纪 60 年代。女天文学家鲁宾对当时天文学的主流研究不感兴趣，去研究不那么主流的星系转动曲线。所谓星系转动曲线就是旋转的星系在距离星系中心不同距离处的速度曲线。她和同事福特一同发现，多数涡旋星系的转动速度大于理论计算的数值，一个最简单的原因是这些星系含有很多不可见的质量。他们的结论是，星系平均含有高于可见物质 6 倍的暗物质。

经过天文学家长期的检验，鲁宾等人的结论得以确立，人们找到了更多的暗物质存在的证据，包括通过星系引力场对后面其他星系光线的弯曲的观测，直到现代宇宙学的一些观测。今天，研究星系以及星系尺度之上的天文学不用暗物质几乎是不可能的。

黑洞，还是特殊粒子？

在我读研究生的时候，人们还不知道暗物质究竟是什么。当时流行的两个主要候选者有燃烧尽的恒星和黑洞，以及所谓极弱相互作用粒子，这两类候选者有一个共同特点，都是不发光、不可能用电磁学手段探测到的东西，但都引起更大的万有引力。慢慢地，人们认为只有极弱相互作用粒子是可能的候选者。

近年来，宇宙学观测的主要方式有好多种，最引人注目的有两种。一种是用 IA 型超新星测量宇宙膨胀的历史，其得出的结论是，暗物质占宇宙总质量的 25%。第二种方式是探测宇宙中无所不在的微波背景辐射，这一种方法得到的最新结论是，暗物质占宇宙总质量的 26.8%。可见物质有多少？只有 4.9%，这个数据证明，当年鲁宾等人的结果接近正确。

现在，天文学家对暗物质的“共识”是，暗物质主要成分是不参与电磁相互作用的粒子，这些粒子统称 WIMPs（参与极弱相互作用的重粒子）。这些粒子较重，运动的速度较低，叫作冷暗物质，分布于星系中和星系的外围，以及星系团中和星系团的外围，这些结构叫暗物质晕。星系的暗物质晕的密度要大于星系团的暗物质晕。它们的存在使得每个恒星感受到的引力大于恒星自身引起的引力，使得每个恒星绕星系中心的运动速度变大，使得星系团中的星系之间的相对运动速度变大。另外，它们对背景的星系和星系团具有引力透镜效应。除了可见的引力效应外，暗物质的存在影响了微波背景辐射以及大尺度结构的形成。

地下实验室试图直接探测暗物质

推测暗物质存在的是天文学家，现在，轮到物理学家登场了。

直接探测暗物质的实验已经进行多年，还没有获得任何具有说服力的结果。这些实验都是地下实验，选择在地下建造实验室是为了屏蔽宇宙射线以及地球表面其他辐射背景。

地下实验室用来探测暗物质的方法有两个。一个方法是将晶体放在极低温的环境中探测，温度低于100毫开尔文。当暗物质粒子击中晶体中的一个原子核，原子核反冲可以被探测到，例如反冲可以产生微小的热量。最常用的晶体是锗。第二种方式是用惰性液体，暗物质粒子与液体中的原子发生反应后产生光子，这些光子可以被探测到。常用的液体有氙和氩。

到目前为止，还没有公认的暗物质被探测到的事例。意大利Gran Sasso地下实验室中的DAMA实验从1996年开始收集数据（用晶体探测手段），到2002年升级，从2003年开始继续收集数据。DAMA实验发现，暗物质导致以年为周期的调制现象。也就是说，由于地球在每年不同的时间相对暗物质的平均速度不同，导致暗物质引发的反冲事例数不同，这个不同会在其他背景实践之上出现年调制现象。但这个结果争议很大，因为其他实验没有证实这个现象，而其他实验用更加成熟的方法扣除了背景导致的事件。

多余的正电子——暗物质的影子？

探测暗物质的第二大类实验是所谓的间接探测，即不是直接观测暗物质与探测器的碰撞，而是探测宇宙空间中暗物质相互作用的后果。例如，假如暗物质粒子就是其反粒子，那么暗物质粒子之间会互相湮灭产生高能光子和正负电子，通过对高能光子和正负电子的探测，我们可以间接地探测暗物质。目前，在太空中最有名的实验是意大利的PAMELA实验，这个实验在2008年探测到多余的正电子。同样，2011年，美国的费米伽马射线太空望远镜在更高的能量探测到多余的正电子。

正电子当然不是暗物质，是反物质的一种。一般来说，由于恒星和星际物质都是普通的正物质，这些物质通常不会产生反物质。但是，旋转的中子星可以抛出一些反物质，如正电子。所谓多余的正电子，就是超出天文学家通过计算预言的来自高能宇宙射线的正电子。如果我们观测到多余的正电子，这些正电子可能的来源有两种，一种是旋转的中子星，一种就是暗物质湮灭。

PAMELA卫星和费米伽马射线太空望远镜探测的结果让物理学家激动了，不过，这两个观测还都不够精确，更不能分辨多余的正电子是否来源于暗物质湮灭。

阿尔法磁谱仪果然身手不凡

这下轮到阿尔法磁谱仪了。

2013 年 4 月初刚刚发布第一批科学结果的阿尔法磁谱仪的领导人是丁肇中，团队成员大约有 500 人，他们分别来自 16 个国家 56 个单位。我们前面说过，AMS−02 是第二代阿尔法磁谱仪，第一代设备是 1998 年安装在俄罗斯空间站上的，而 AMS−02 是 2011 年 5 月安装在国际空间站上的。

经过一年多的观测，AMS−02 一共收集了 680 万个电子和正电子，能量谱很宽，从 5 亿电子伏特到 3500 亿电子伏特（这些都是高能粒子，我们知道，电子和正电子的质量只有 50 万电子伏特，所以 5 亿电子伏特的能量是电子质量的一千倍）。这些电子和正电子中有 40 万个是正电子，这是迄今最大的正电子样本，它将过去所有实验的样本数目提高了一百倍。

这 500 位物理学家发现，正电子数目与电子数目的比例随着能量逐步提高，证实了 PAMELA 的结果（意大利人终于靠谱了一次），在费米伽马射线太空望远镜结果的误差范围，也证实了费米望远镜的结果。

可以说，我们现在确切地知道正电子真的超出了天文学家预计的结果，一定来自我们过去不知道的东西。是脉冲星还是超新星，还是我们最期待的暗物质？我们还要耐心地等待 AMS 缓慢地捕获更高能量的正电子。也许，更高能量的正电子与电子之比会在一个能量处突然下降（比如说 3500 亿电子伏，或 4000 亿电子伏），那时，我们也许就可以说，暗物质粒子，或者至少一种暗物质粒子的质量大约具有那个能量。

在 AMS 成果的鼓舞下，其他探测暗物质的实验肯定在加快步伐。

如果说，我们这一代人，有可能在活着的时候亲眼看见物理学家解开暗物质之谜，这大概不会太离谱。

是无还是有

我读研究生的第二年，就听到一种十分离奇的理论：我们的宇宙产生于“无”。这里，“无”是真正的无，而不是空虚的真空，真空再怎么空虚，毕竟还有真空存在，即什么也没有的空间。其实，在现代物理学中，即使是真空，其中也时刻产生着各种“虚粒子”对，产生量子涨落。真正的无，是一无所有，也许是海德格尔哲学中的虚无。在物理学中，“无”有严格的定义，即连时空也不存在。

我们很难想象虚无，因为人类能够想象的东西，都是可以感知到的西，既然可被感知，当然不是虚无。物理学是用数学语言来描述的，我们就可以定义“无”是什么。在我们定义了“有”之后，其中包括时间和空间、时空中的场，等等，我们就可以定义“无”了，即没有时间和空间，更没有场。

给定了时间和空间，“场”就有了表演的舞台。对于“场”来说，时空是背景，是舞台。在时空之中，“场”时刻在做量子涨落，这些涨落，就是粒子。但粒子很难实化，因为能量必须守恒，所以一对粒子产生了马上又互相湮灭，这中粒子对叫作“虚粒子对”。要在真空中产生真正的粒子，必须提供能量，比如说，加上电场，这样，电场中的能量就会转化为粒子。带电场的“真空”中粒子对的产生过程是这样的：一对虚粒子产生出来后，这对粒子如果带电，由于电荷守恒，它们带的电荷正好相反，这样，带正电的粒子沿着电场的方向加速，带负电的粒子沿着相反的方向加速。如果初始产生出来的粒子对之间的距离足够大，在加速之后，它们就没有机会找到对方而互相湮灭了。

上面描述的在电场中带正负电荷的粒子对的产生方式又叫“隧穿”，是量子力学中的特有现象。本来，这些粒子只是虚的，但量子涨落让它们克服了束缚它们的“势能”，在电场的作用下，就成为实在的粒子了。

既然虚粒子时刻在真空中涨落，我们就会问一个推广了的问题：既然时空在爱因斯坦的广义相对论中是可变的，那么时空本身会不会从什么东西中涨落出来？

场和粒子的表演舞台是时间和空间，那么，时间和空间的表演舞台是什么？在现存的理论中，没有固定的说法。这样，霍金和哈特尔就可以发挥想象了。你可以想象我们的宇宙是漂浮在“无”之中的一座孤岛，孤岛上或更准确地说孤岛本身就是一个时空，时空之外什么也没有，那么就是无。时空可以在“无”中漂浮，就像粒子可以在时空中漂浮。粒子可以从真空中产生出来，时空也就可以从“无”中产生出来。粒子是成对产生的，而时空呢？一个粒子有它的反粒子，但时空没有反时空，所以时空就可以单独地产生出来。更加准确地说，一个闭合空间本身不带任何不为零的守恒荷，那么它就可以从“无”中产生出来。这就是

1983 年哈特尔和霍金论文中建议的宇宙产生于“无”的图像，也是我在读研究生第二年听到的消息。

哈特尔和霍金的论文现在用谷歌学术搜索，可以发现被引用的次数达到了两千五百次，这确实不少了。但是，由于我们还缺乏一个大家都接受的量子引力理论，他们的建议无法在一个好的理论中实行计算。

既然一个宇宙可以从“无”中产生出来，多个宇宙也能从“无”中产生出来。在我们的宇宙之外也许还存在其他宇宙，由于它们与我们无关，多个宇宙的产生也就成为一个不重要的话题，反正也无法去测量。但是，有的宇宙可能通过量子涨落与我们的宇宙发生联系，例如，我们的宇宙作为“母宇宙”也可以生成很多“子宇宙”，那么这些宇宙的存在就和我们有关了。霍金后来用这个想法计算了“宇宙学”常数，得到零结果。但是，后来观测宇宙学家发现了暗能量，霍金的计算只能被扔进废纸篓中去了，因为最简单的暗能量就是宇宙学常数。

维兰金在 1983 年也提出了一个类似的从虚无中产生宇宙的想法，他的想法与哈特尔 – 霍金的稍有不同，并且计算概率的公式与后者差了一个符号，他们曾经花费大量精力来争论谁的公式是正确的。

进入 20 世纪，弦论中出现了弦景观，于是多元宇宙登上了舞台。多元宇宙论走的是相反的路子，也即本来就存在很多宇宙，我们的宇宙只是在其中之一中产生出来的子宇宙，并且，我们的宇宙又产生子宇宙，如此则子子孙孙无穷尽也。到底谁是谁非，恐怕二十年内解决不了。

亮出底牌

一个理论物理学家很难在自己的有生之年看到自己的研究领域出现几次转折点。我觉得我们是幸运的，我们这一代人至少已经看到了两次：一次是1998年宇宙加速膨胀的发现；一次就是2012年的7月4日，欧洲核子中心（CERN）通过两个学术报告和一次新闻发布会宣布发现一个历史上从来没有见过的新粒子。

如果我是彼得·希格斯（Peter Higgs，苏格兰人，爱丁堡大学退休教授）本人或另外四位发现希格斯机制的理论家，我会觉得更加幸运。他们那一代人亲历过粒子物理的黄金时代，即从20世纪50年代到70年代，粒子物理标准模型就在那个时代慢慢建立起来。在这个标准模型的最底部，是希格斯机制，一个最重要但一直没有被验证的机制。标准模型的几乎所有其他预言都被各个巨型加速器一一验证，一些实验物理学家和理论物理学家也被诺贝尔物理学奖这个荣誉定格在物理学史上。而希格斯等六人却从1964年一直等到现在，其中一位在2011年获得美国物理学会樱井奖之后去世了。那么，7月4日宣布的发现是不是走向证明希格斯机制的第一步？那个新粒子是不是被公众称为“上帝粒子”的希格斯粒子？

我个人判断就一个字：是。而且，希格斯和活着的另外四人也有可能被这个世界科学最高奖“封圣”。

标准模型囊括了自然界四种基本相互作用的三种——电磁力、弱力和强力——万有引力比较独特，暂时还没有和前三种力融为一体。经过20世纪50年代到70年代二十多年英雄般的时代，三种基本力被物理学家用同一种语言成功地放在一个理论框架里，这种语言叫量子场论，基本物理学量是场，但遵从量子论。所以，场在量子的约束下有基本单元，就是基本粒子。

而标准模型的框架看上去也很简单，所有场和粒子分为两类：一类叫物质场和物质粒子，包括电子和夸克等；另一类叫规范场和规范粒子，最简单和最典型的是光子。物质粒子和规范粒子都像一个陀螺，即自旋，物质粒子的自旋是1/2，规范粒子的自旋是1。

一切看上去这么漂亮、简单和干净。我上面的叙述还缺了最重要的一点，这一点被标准模型的建立人之一，美国人波士顿大学教授，谢尔顿·格拉肖（Sheldon Glashow）恶毒地称为“标准模型的厕所”，这个“厕所”就是希格斯粒子和它与所有其他粒子的耦合或相互作用。

弱力和强力是亚原子世界的力，也就是说，我们在日常现象中无法明显看到它们在起作用。弱力和强力平时看不见的原因不同。弱力是短程力，只有在极小的距离10^{-16}米上才有明显的作用，这是因为，格拉肖第一个指出，传递这种力的规范粒子有质量，这些粒子叫作中间玻色子，因为有质量它们就跑不远，不像光子。在格拉肖之后，现德州大学教授斯蒂芬·温伯格（Steven Weinberg）发现，简单地假设中间玻色子有质量并不能得到一个自洽的理论，于是，在 1967 年，他利用了希格斯等人在 1964 年发明的希格斯机制。在这个机制中，有几个希格斯场，这些场与物质场以及规范场都不同，它们对应的粒子没有自旋。当希格斯场像钢球一样沉落到它的最低处同时打破某些对称时，这些对称性类似墨西哥帽的转动对称，而希格斯场就像落在墨西哥帽顶和帽檐之间的那个圆槽上的一点，从而打破了转动对称，中间玻色子吃掉了三个希格斯粒子变重了，中间玻色子就获得了质量，于是弱力变成短程的了。四个希格斯场还剩下一个，也变重了。这个剩下的场有点像落在墨西哥帽的圆槽中向帽顶跑动的钢球，需要能量才能做到这一点。它对应的粒子不带电，无自旋，这就是所谓的上帝粒子。

温伯格不仅利用了以上所述的希格斯机制，他还利用了希格斯场与物质场之间的相互作用，给所有物质场也赋予了质量。直观图像是这样的：当希格斯场沉落在它们的最低点，物质粒子在空间中运动时也要穿过这些场，不停地吸收和辐射它们，于是就变重了。在宇宙早期，由于温度比较高，希格斯场最初并没有沉落到最低点，也就是说，整个宇宙的真空与现在不同。当温度下降到某个量之下（大约是一千万亿度），希格斯场就落到最低点，此时整个真空的能量更低，所有基本粒子除了光子和传递强力的规范粒子外，都获得了质量。物质也才开始慢慢形成，最先出现的是由夸克组成的质子和中子，然后质子和中子再慢慢聚合成轻元素……

弱力因为传递的粒子有质量所以变成短程的，那么为什么我们日常也看不到强力？其实没有强力就没有我们，也没有地球上的一切物体。

强力非常强，它将夸克以及传递强力的规范粒子束缚在质子和中子里，质子和中子的剩余作用就变成短程的了，这些剩余作用再将它们束缚在各种原子核中。

整个70年代和80年代是标准模型荣耀的年代，物理学家们用加速器轰出了传递弱力的中间玻色子，也检验了强力理论，同时还顺带轰出了以前没有见过的新夸克以及新中微子。实验物理学家在1983年发现中间玻色子之后，一直试图发现希格斯粒子，但始终没有成功。

有几台加速器几乎可以说就是为了轰出希格斯粒子设计的，例如美国国立费米实验室的太伏质子反质子加速器、欧洲核子中心的大型正负电子加速器。太伏质子反质子加速器在1995年发现了标准模型中最重的一个粒子——顶夸克，也是最后一个夸克。这台机器于2011年10月份不得不关闭，在关闭之前未能轰出希格斯粒子。大型正负电子对撞机命运要差些，在11年的寿命中未能发现任何新粒子，只是将中间玻色子的质量测量精确到千分之一，在2000年为大型强子对撞机让路，不得不关闭。在关闭之前，它给出希格斯粒子质量的下限，115GeV（1GeV=10亿电子伏，约等于质子的质量）。

格拉肖称标准模型中希格斯这个部分为“厕所”是有道理的。因为它的一个重要参数无法确定，这个参数就是希格斯粒子的质量，还因为我们将质量起源归结为希格斯粒子的存在——但是我们看不见、摸不着它。所以，我们就可以理解物理学家们为什么苦苦地要发现这个粒子。当然，由于希格斯粒子与所有其他粒子不同，无自旋同时还决定了真空性质，它一定还包藏了宇宙更深的秘密，一些谁也不知道、理论物理学家只能通过想象来推测的秘密。所以，希格斯粒子又可以被看成暗道中通向新世界的大门，我们自然想将它打开。

大型强子对撞机的构想形成于1987年之前，在以意大利物理学家卡洛·卢比亚（Carlo Rubbia，他领导的实验组发现了中间玻色子）为首的物理学家推动下，大型强子对撞机于1987年成功立项，1998年它的一些探测器开始建造，2000年大型正负电子对撞机为其让出地下一百米深处长27千米的隧道，2008年运行，由于某些超导磁体的液氦泄漏停机修理，2009年重新运行。2011年是关键的一年，两个探测器ATLAS和CMS年底前捕捉到希格斯粒子的证据，到2012年6月中旬，三个月左右的运行提供了确凿证据。但是，虽然这个新粒子非常像希格斯粒子，六千多名物理学家还需要通力合作半年才能找到足够的证据证明它就是为物质粒子提供质量的那个粒子。

欧洲核子中心主任，德国人洛夫－迪特·霍耶尔（Rolf-Dieter Heuer）在2012年7月4日新闻发布会上狡猾地说："作为物理学家，我只能说我们发现了一个前所未有的新粒子；作为门外汉，我会说我们发现了希格斯粒子。"

我同意他的后半句，我也认为粒子物理标准模型的底牌已经露出来了，希格斯粒子已经露面了，它的质量大约在125－126GeV之间。如果标准模型完全正确，这个数字已经将标准模型完全决定了，接下来除了精细测量，物理学家似乎无事可做了。

真的无事可做了吗？我的同行，中国科学院理论物理研究所刘纯教授是这么认为的。我觉得他是少数派，因为大多数同行会像我一样，认为微妙而不可捉摸的上帝刚刚将另一手牌的第一张牌打出来，它就是希格斯粒子。这张牌在标准模型中的地位太独特了，它后面不可能没有任何背景。它没有自旋，但这还不是最独特的，更独特的是量子论会让它的质量十分不确定，可它为什么只有125GeV这么重？我觉得它的身后有整整一个排的粒子为它保驾护航。眼下，我们不知道这些粒子列起队是什么模样，它们又如何与已知的粒子相互作用。例如，许多理论家们早就猜测了，我们现在看到的物理世界最多只有一半，如果将所有粒子都发现了，我们就有超对称——在超对称这面镜子的这一边是我们已经看到的粒子，在镜子的那一边是另一个加强排的超对称粒子。

实际情况是什么？我们不必太着急，既然标准模型的底牌出现了，大型强子对撞机只要继续按照设计的那样运行，这张底牌下面的牌将被一一翻出。只是，我们要耐心，在接下来的半年运行之后，对撞机要休整两年，之后将在更高的能量上撞击未知世界之门。

他们看到了宇宙的最初脉动

在距离地球一百五十万公里的空旷寒冷的太空，有一个质点，如果我们将它放大，就会看出那是一颗人类发射的航天器，它的角状天线中藏有74个辐射计，全部指向宇宙最深处，背对着地球和太阳。这是欧洲航天局于2009年发射的最先进的航天器Planck，已在两年多前完成了主要观测计划，数据已经传回地面。事实上，经过既紧张又放松的分析和计算，两百多位科学家已于2013年3月完成了对一半数据的科学解读，发表了31篇论文。他们的结果让全球天文学家和宇宙学家处于兴奋之中。可是，他们对剩余的一半数据的重视不够，这让他们错失了21世纪最重要的宇宙发现的首次发明权。

几乎与此同时，美国的科学考察站阿蒙森－史葛南极站，冰原上一个巨大的漏斗状天线指向蓝天。那里，一群“苦逼”科学家已经工作了八年——当然，其余伙伴是躲在舒适的北美办公室里的。第一代仪器在没有做出惊人发现之后于2010年被第二代仪器取代。这是一台地面上能够找到的最灵敏的仪器，它可以探测到低于100纳K的信号（一纳$K=10^{-9}K$，K是绝对温度的刻度，又叫开尔文），它甚至武装了“乌贼”——一种最先进的软件——来帮助解读数据。第二代辐射计用了两年时间观测和收集数据，比Planck晚了一年。但与这台巨无霸有关的科学家看上去比欧洲人更加用功，因为他们知道，不论以量论还是以质论，他们的数据与Planck无法相比。但他们清醒地认识到摆在面前的是什么，那就是21世纪以来最重要的宇宙学发现。所以他们更用功，也许因为他们更有经验，于是他们在2014年3月17日，做好了宣布重大发现的准备。

这个发现就是：他们探测到了宇宙在最初一刹那脉动留下来的遗迹，体现为宇宙背景光子的涡旋。

以上是一段描写紧张而激烈的科学竞赛的散文。

如果用小说体裁，故事应该这么展开：

32岁的阿兰·古斯看上去已经不年轻了，很像后来出现在《生活大爆炸》里面的谢耳朵，典型的书呆子、极客。他已经做了八年博士后，研究工作不能以出色来形容，但还是处于一线，因此在离开麻省理工之后，他经历过普林斯顿、哥伦比亚，现在落脚在康奈尔大学，依然做博士后。在找到永久教职之前，他还缺乏一个重量级的科学想法。

就在不久前，他在康奈尔聆听了一位来自普林斯顿大学的著名教授的研究报告，这个科学想法在他的大脑中撒下了种子。

播种的人叫迪基，一位取得过各种成就的天文学家、仪器设计家。他设计了著名的迪基辐射计，但更加著名的是，他在

1964年错过了发现宇宙微波背景辐射，这种宇宙大爆炸在宇宙只有38岁时留下来的遗迹。发现者是更加年轻的、基本不懂宇宙学的彭齐亚斯和威尔逊，他们的发现让他们在1978年获得诺贝尔物理学奖。而迪基留下来的是一句名言："我们被抢先了。"

无论如何，迪基在康奈尔的演讲有着非同寻常的意义，也许不亚于他本人的任何科学发现——这个演讲启发了大龄青年古斯，让他发明了宇宙暴涨论。

古斯将这个想法带到不同的会场，激发了很多同行的想象力和热情。因为在此之前，几乎没有人想过宇宙大爆炸为什么会发生，没有人想过宇宙为什么在数亿光年的尺度看上去很均匀，没有人想过为什么微波背景辐射的温度在天上的每个角度都一样。

古斯想了，而且还想出了一个解释，或者关于宇宙的故事。这个故事是这样的：

宇宙在最初的一瞬大约有十厘米，只存在了一亿亿亿亿分之一秒，或者类似的一个极短时间。宇宙的尺寸大得与这个极短时间不相称。古斯说：不要紧，在这个一瞬之前，宇宙经过了一个惊人的膨胀——现在被称为"暴涨"。在这个一瞬之中，宇宙在某种邪门的能量驱动下暴涨了一百亿亿亿倍，我说的是线性尺度，即在空间的三个方向上都增大了这么大倍数。这数目非常大，大约是十公斤物质中所含的原子数目。换个角度看，如果我们将质子的直径放大一百亿亿亿倍，质子就变成了以太阳为球心恰好能包住地球绕太阳轨道的一个巨大的球体。

因为宇宙暴涨了一百亿亿亿倍，所以宇宙在各个方向都十分均匀，看上去没有区别。也因为宇宙从十亿亿亿分之一厘米成长到十厘米，宇宙今后就可能继续膨胀到一个巨大的尺度，也就是今天的直径大约八百亿光年的“巨无霸”。

古斯在晃悠了不到两年后，将论文发表了，他也收获了巨大的名声。这样，他的母校麻省理工给他送来了好消息：请回到母校执教吧。于是，古斯就回到了美国剑桥镇，一待就是三十四年。

2005 年，他获得《波士顿环球报》的最脏乱办公室奖。这个奖每次只奖给一个人，可见他的办公室乱到什么程度。顺便提一下，2013 年，就是这家《波士顿环球报》被《纽约时报》卖了，这个事件曾经被当成传统媒体衰败的案例来宣传。

成名多年后，一家出版社邀请古斯写一本科普书。他在西方的理论物理学界和宇宙学界名气确实很大，出版社很看好他的书。这件事我在 1993 年，最晚 1994 年就听说了。故事还说，出版商预付了他一百万美元的稿费，他将钱用来在麻省剑桥买了一所大房子，却迟迟不动手写书。到了我离开罗德岛两年后，也就是 1998 年，他的书才终于出版，书名为《暴涨宇宙——追寻宇宙起源的新理论》。我不知道这本书卖得好不好，出版商有没有将预付的稿费赚回来。反正，这本书现在在英文亚马逊的排名可不高，只有七万多名。相比之下，霍金的《时间简史》是三千多名，霍金的书还早出了十年。

现在，他仍然看着像个极客——67 岁的老极客。而美国人在南极的新发现，极有可能为他带来诺贝尔物理学奖。如果我们乐观一点，他的获奖年份也许是 2015 年，最迟不会晚于 2016 年。

以上，就是一个励志故事。

关于科学，我们叙述如下：

古斯的暴涨理论提出一年左右，包括古斯本人以及霍金在内的物理学家指出，宇宙暴涨论正好可以解释宇宙中结构的产生，例如，所有星系形成之前的种子来源于暴涨时期的量子涨落。那个微小到只有十万分之一的涨落后来被万有引力放大，开始出现恒星和星系。甚至，20 世纪 60 年代就发现的宇宙微波背景辐射也不完全是均匀的，在天空不同的方向上应该有大约 20 微 K 的涨落。这么小的温度，即使在地球最好的低温设备中也很难达到。可是，天文学家从 20 世纪 90 年代开始，就观测到了这些涨落，从而部分验证了暴涨论的预言。

为什么说只是部分验证了暴涨论？因为，在暴涨论之外，物理学家还发明了其他奇奇怪怪的理论，也能解释天文学家根据暴涨论去观测到的温度涨落，包括温度与天空两个方向之间角度的关系。我们知道，微波背景辐射就是光子，光子除了有一定频率，还有偏振。光子的偏振是否带有暴涨论的特征呢？理论家告诉我们，确实如此。在暴涨时期，不仅能量有量子涨落，万有引力本身也有量子涨落，也就是引力波。所有这些涨落在暴涨结束后会直接影响宇宙中的热粒子，包括光子。宇宙学家计算得到，暴涨时期产生的引力波导致光子的极化在天空上产生涡旋：也就是说，如果我们顺着极化画出一条一条线，会出现类似水面漩涡的图案。

但这种图案难以观测，因为与温度涨落相比，涡旋涨落只有不到百分之一，需要极端灵敏的辐射计才能测出。如果说温度涨落只有 20 微 K，那么涡旋涨落只有 100 纳 K 左右（1 纳 K=10^{-9}K）。美国在南极的这项实验不过是很多类似实验中的一个，集中了十二家大学的力量。他们是第二次做这样的实验了，上一次没有成功，第二次实验将灵敏度提高了大约十倍，他们的仪器灵敏度达到了 87 纳 K，他们甚至用上了最先进的“乌贼”——量子扰动超导探测器。终于，他们在宇宙暴涨论预言的夹角，也就大约一秒的地方，看到了如此微小的涡旋涨落。

实验积累了从 2010 年到 2012 年的数据，换句话说，科学家们用了一年的时间，从大量的数据中分析出了宇宙原始引力波在微波背景辐射上留下的涡旋。全世界造价最高、灵敏度最高的辐射计是欧洲发射到距离地球一百五十万公里的 Planck 卫星，他们在 2011 年年底就收集齐了数据，大约在 2013 年前公布了第一个结果。可惜，他们虽然比美国人早了一年收集好了数据，却没有完成对涡旋涨落的分析。在最近十年最重要的宇宙发现竞赛中，欧洲人赢在了起点，输在了终点。宇宙暴涨以及引力波的第一个证据是美国人发现的。

眼下，美国人的欧洲同行耳边一定回响着迪基的名言：“我们被抢先了。”

隐形传输能超光速吗

对这个问题比较老实的回答是：我们并不知道。

相对靠谱的答案是：应该不会超光速。无论是利用量子效应如量子纠缠来通信还是实现具体的物体输运，如果超过了光速，那么就意味着信息或能量的传播速度超过了光速。我们知道，在相对论中，超光速就意味着时光机的可能，能量或物质可以回到过去，而回到过去就会引起祖父悖论：如果你回到自己祖父还没有结婚的时候，你可以想办法不让他结婚，甚至采取更加激烈的办法杀死他，这样，就不会有你的父亲；如果你的父亲不存在，自然不会有你。但如果你不存在，怎么有可能回到过去？祖父悖论的实质是，因果律发生了矛盾。除非我们放弃因果律，认为一件事没有上一件事作为原因，否则确实难以回答祖父悖论。

这里，我不想解释超光速导致时光旅行的机制，我在另外一个场合解释过了。我们一般相信，信息的传递需要能量作为载体，信息超过了光速也就意味着能量超过了光速，也会引起祖父悖论。即使退一步，假设存在某种信息传递过程不需要能量作为载体，也会发生类似的悖论。比如说，如果你有能力通知山本五十六，美军将要伏击他，他就会取消那次致命的旅行，二战就会改变进程，这样就会导致后来一系列的事件不会发生。甚至可以这样，你在北京通知年轻时候的你，高考的试题将会是什么、答案是什么，那么你就不会仅仅考上了一所三本大学，你上了北大，改变了命运，然后你去了美国，而通知过去的那个你现在其实不在北京。

所以，瞬时量子通讯是不可能的，除非你能解决因果律的矛盾。

眼下的实际情况又如何？比如，科大的潘建伟团队能够实验瞬时量子传输吗？当然不能，因为他们以及世界上所有做类似实验的物理学家所应用的量子通讯手段都是根据 1993 年本内特（Bennett）等人发表的理论方案。

因为这个方案比较抽象，我就不解释其中涉及的具体量子力学过程了，我仅仅介绍一下过程。

考虑最简单的物理系统，一个粒子（其实是离子）或一个光子，这个系统只有两个可能的态。例如光子，有两种偏振。当然光子其实有无限多个可能的态，都可以由两种偏振组合起来，得到更一般的偏振。现在，甲有一个光子 A，他想将这个光子的偏振传输给在另一个地方的乙，可以叫作通讯，也可以叫作传输。最简单的方法是将这个光子发射给乙，但发射的过程会破坏这个光子的偏振。为了解决这个问题，本内特等人建议，还要另外准备一对光子，并且让这对光子处于最大纠缠状态（就是说，这对光子的态一模一样，这可以通过半导体辐射实现）。现在，甲将处于纠缠态的一个光子 B 发射给乙，自己保留另一个光子 C。为了将光子 A 的偏振“拷贝”到乙手里的光子 B，甲同时对自己手中的光子 A 和 C 进行观测，然后将观测结果告诉乙，乙就可以根据观测，将手里的光子 B 的态“调到”A 的态。

注意上节最后一句话：“然后将观测结果告诉乙，乙就可以根据观测，将手里的光子 B 的态‘调到’A 的态。”甲如何将结果告诉乙，当然是通过普通的通讯方式，例如无线电，这样，最后的步骤最快也是光速。加上乙收到甲的结果后阅读再对手中的光子 B 实施变换需要的时间，有效的通讯速度就小于光速了。

因此，量子通讯涉及经典通讯，这最后一关不能省略，否则通讯不能完成。这时你也许会问：那我们还要量子通讯，即本内特等人的方案干什么？回答是，这么做有两个好处：第一，我们可以完整地将甲手中的光子态拷贝给乙，也许，未来很多系统是纯量子的，这么做是必要的。另一个优点是保密，假如甲手中的光子态代表一个绝密信息，乙这样就完全获得了这个信息。万一中间有人截获甲的最后步骤，即通过普通通讯手段告诉乙他的测量结果，但偷听者手里没有光子 B，他也没有办法得到光子 A 含有的信息。如果你是偷听者，你会说：“我连光子 B 也截获。”真的如此，乙会告诉甲：“我根本没有得到光子 B。”

将单个光子推广到更加复杂的系统，我们就可以传递复杂的信息了。如果不是光子系统而是一个实体，如人的大脑呢？我们就会将一个人的大脑完整地传递到另一个地方去。当然，一个大脑所含的量子态实在太大了，我很怀疑我们能不能在任意远的未来实现大脑的量子传输。这样，《星际迷航》中的“beam us up”其实永远不能实现。

最后，我想重新讲一遍《阿凡达》中量子传输的故事。《阿凡达》说人类过于执着于物质，反而不如潘多拉星上的土著纳威人，他们还可以

“通灵”。纳威人的通灵不是我们地球上各种宗教中的那些方式，而是某种生物集合之间情感和精神的传输。

灵魂的传输是纳威人的一种本能，电影《阿凡达》在这里似乎严格忠于科学。因为在量子物理中，我们有所谓量子不可复制原理，即不可能将某个量子系统的态严格复制到另一个量子系统上去，除非破坏原来那个系统的状态，前面介绍的本内特等人的方法就是这样。所以，你的灵魂只能传输到阿凡达的大脑中去，却不能被拷贝过去。传输过去后，原来的你将处于完全不同的状态，在电影中是休眠状态。

纳威人要将一个人的灵魂传输到另一个人身上去，借助的是圣树和爱娃的力量，而爱娃则借助潘多拉星球上所有生物的能力。主角杰克就是这样，他和纳威人以及潘多拉星球上其他人一起赶走地球人之后，更愿意活在他的阿凡达体内，所以圣树就成了量子传输机，将他的灵魂输运到阿凡达体内，而他自己的身体就死亡了。

宇宙学几乎完美，除了“邪恶轴心”

现代宇宙学大约有 80 多年的历史，从埃德温 · 哈勃发现宇宙膨胀算起，宇宙学成了一门实证科学。

在我看来，宇宙学有过三次大发现期。第一个大发现期是以爱因斯坦为首的理论家用广义相对论建立起宇宙学的基础，后来由哈勃将这个理论放在坚实的观测基础之上；第二个大发现期始于 20 世纪 60 年代，从发现宇宙微波背景辐射起，到宇宙学家建立现实的热大爆炸理论，再到 20 世纪 80 年代初阿兰 · 古斯等人提出暴涨理论；第三个大发现期则从 20 世纪 90 年代开始，一直持续到现在，看这势头还会继续下去。

20 世纪 90 年代发现了什么？一是发现了宇宙微波背景辐射中微小的非各向同性，二是发现宇宙在加速膨胀。这两个发现先后在 2006 年和 2011 年获得诺贝尔物理学奖，其重要性可见一斑。过去 20 年来，所有宇宙学观测不过是将这两项发现更加精确化。这样的结果是，我们已经有了所谓的宇宙学“标准模型”。

宇宙学“标准模型”

这个“标准模型”真的很标准吗？也许是，也许不是。

在我们的宇宙中，存在4种完全不同的能量。第一种，也是我们熟知的一种，叫重子物质，或者说可见物质。这些物质组成地球及地球上的生命和非生命，组成我们的太阳系和银河系，以及天上一切可以通过电磁手段观测的星系和星系间的物质。第二种是暗物质。这些物质其实比可见物质还要多，大约是可见物质的5倍，存在于银河系和一切类似的星系中。第三种，就是前面提到的宇宙微波背景辐射。它们是能量很低的光子，在现在的宇宙能量组分中还占不到万分之一。第四种，就是暗能量了。这是宇宙中最大的分支，占能量组分70%左右。也许还有第五种、第六种能量，如宇宙中微子背景和引力波背景。这些组分理论上存在，但还没有被探测到。

可以肯定，大约在140亿年前，宇宙诞生于大爆炸。在大爆炸之初，也许发生过时间极短的暴涨（多长时间还不确定，只能说大约是10^{-30}秒或稍长）。在这个极短的暴涨期，我们现在的可见宇宙从一个微观空间突然长大了10^{26}倍，成为一个宏观宇宙。在暴涨结束的时候，一切粒子产生了。此时宇宙非常热，温度超过了任何可见天体中的温度。接下来，宇宙继续膨胀，但膨胀的速度变慢。到了宇宙大小大约是现在的一半时，由于所有物质的密度一直被稀释，而暗能量的密度变化不大，暗能量开始主导宇宙的膨胀，推动宇宙开始加速膨胀，一直到今天。

非常有趣的是，在那个极短的暴涨期，宇宙不但成长了很多倍，还产生了极小的不均匀性，幅度大约是十万分之一。这个不均匀性后来导致恒星、星系和星系团的产生，同时也使宇宙微波背景辐射产生了很小的不均匀性。20 世纪 90 年代初，美国的 COBE 卫星探测到了这个不均匀性。探测这些起伏只有十万分之一的不均匀性，需要非常灵敏的微波接收器，同时还要求宇宙学家能够精细扣除很多已知的不均匀性，例如来自行星和银河系的辐射。

COBE 的发现震动了宇宙学家，因为这个发现几乎验证了理论家最疯狂的想象。接下来，美国的另一颗卫星 WMAP 继承了 COBE，对微波背景辐射做了更加精确的测量。再后来，欧洲的普朗克卫星（Planck）继承了 WMAP，将微波背景辐射的测量精度又提高了一大步。普朗克卫星的主要测量部分在 2010 年年底就结束了，但科学家用了两年多的时间才从普朗克卫星传回来的海量数据中提取出宇宙的信息，一来因为数据巨大，二来因为扣除其他非宇宙学辐射不是一件容易的事。

就能量组分来说，普朗克卫星的结果与前辈 WMAP 稍有不同。暗能量占总能量的 68.3%，可见物质占 4.9%，暗物质占 26.8%。我们需要重视这些微小的变动，因为它们很可能将改变我们对宇宙的认识，特别是对暗能量的认识。以上变动的部分与宇宙膨胀速度的变动有关，普朗克卫星的结果是 67.3 km/s/Mpc，即 67.3 千米每秒每百万秒差距，而 WMAP 最后的结果大约是 70km/s/Mpc。另外，宇宙的年龄是 138.1 亿年。

解读普朗克卫星

就目前分析的结果来看，普朗克卫星是支持标准模型的——也就是说，暗物质是“冷”的，暗能量的密度也是一个常数，后者是爱因斯坦在 1917 年就提出来的。如果暗能量真是一个常数，那么，我们的宇宙简单而乏味，理论家就无从推测暗能量的起源是什么。

为什么呢？这还得从爱因斯坦说起。1915 年完成广义相对论这一新的引力理论之后，爱因斯坦就着手将他的伟大发现应用于宇宙学。那时，人们还没有发现宇宙是动态的，连爱因斯坦也假设宇宙是静止的。但是，万有引力很难解释一个静止的宇宙，因此爱因斯坦引入了一个斥力，在他的方程中体现为一个常数——这就是著名的宇宙学常数。尽管在哈勃发现宇宙膨胀之后，爱因斯坦放弃了宇宙学常数，但在引力理论中，宇宙学常数导致斥力，是暗能量最简单的形式。

万一暗能量真的是这个常数，那它就只是方程中的一个常数而已，我们很难说它有任何动力学起源。最近 10 年来，弦论界流行一种观点，认为存在很多很多不同的宇宙，在不同的宇宙中，宇宙学常数的具体数值不同。恰好在我们这个宇宙中，宇宙学常数取它现在的值。这个值在理论上确实非常小，但恰好与星系的存在不矛盾，从而允许人类能够出现。也就是说，如果暗能量是一个常数，我们只能将它当作一个参数来看，最好的解释就是多元宇宙论和人择原理。很多人，包括我，当然非常不高兴，因为这样一来，我们就放弃了追根究底的科学精神。当然，我们不能排除多元宇宙以及我们宇宙的偶然性。

那么，普朗克卫星的结果，对暗能量问题的研究有什么意义呢？暗能量所占的比重减少了，这很重要，却没有重要到我们需要特别注意的地步；哈勃常数变小了，这也很重要，但这些数据需要结合其他天文观测，才能帮助我们对暗能量做出有意义的限制。

微波背景辐射本身的信息，对暗能量的性质能够做出的限制非常宽松。举例来说，如果暗能量不是常数，它的密度随时间是变大还是变小？普朗克卫星和WMAP都含糊其辞，虽然数据偏向支持变大，但可信度非常低（粗糙地说，大约有20%的可能变小，80%的可能变大）。如果将其他天文学数据加进来，得到的限制就会好得多。对于外行来说，这些限制也许很奇怪，因为不同的结合得到的结果不同；对于专家来说，这很正常，因为所有数据的可信度都有一定的限制，它们当然不会给出完全一致的结果。

比方说，如果将宇宙间星系和星系团分布的信息考虑进来，对暗能量性质的限制范围就小多了。这些数据仍然支持暗能量密度会变大，但只有68%的可信度。如果不考虑星系和星系团的分布，而是考虑超新星的信息，暗能量性质的可能范围就会变得更小，但仍然不能确定到底是变大还是变小，只是较为偏向支持变大。最有意思的是，如果不考虑前面的那些信息，而只考虑对哈勃常数的独立测量，暗能量随时间变大的可能性超过95%，接近99%。由于天文观测的复杂性，我们现在还不能信任任何一个结果，还需要耐心等待更加可靠的测量（我个人喜好暗能量变大，这样一来，不仅我自己的模型有机会成立了，宇宙也变得更加有趣，因为它可能会在有限的时间内终结）。

除了为暗能量提供更新的数据以外，普朗克卫星还倾向于支持一个相对简单的暴涨理论。从现有的数据看，过去理论家忙了几年设计出的很多复杂模型，并没有得到任何观测支持。例如，有的理论家喜欢用好几个量子场来驱动宇宙暴涨，而普朗克卫星似乎在说，一个就足够了。我觉得这很自然，宇宙虽然复杂，它背后的秘密可能至为简单。

普朗克卫星数据还有很多精细部分没有分析出来，例如对光子的极化测量。这些测量会告诉我们更多宇宙的秘密，也许我们还要等上一年才能得到分析的结果。

宇宙的“邪恶轴心”

我们是不是可以说，普朗克卫星除了更加精确，并没有任何新的发现呢？也不能这么说。普朗克卫星似乎确定宇宙存在一个“邪恶轴心”。在这个邪恶轴心的两边，宇宙微波背景的涨落稍有不同，难以用“标准模型”来理解。另外，在南半球，似乎存在一个大冷斑，同样无法用“标准模型”来解释。魔鬼在细节中，对这些反常细节的研究，或许将揭示关于宇宙更加惊人的秘密。

我相信，很多理论家很快就会写出一批论文，来解释这些反常现象。在看到这些论文之前，为了娱乐大家，我给这个大冷斑写了一个科幻解释，不妨再与大家分享一次：

> 古达摩·陈是一位正在上升的宇宙学新星。他有四分之一的中国血统，这是他姓氏的来源，另外四分之一血统可以追溯到最早移民美国的欧洲人，最后二分之一的血统则来自印度。
>
> 古达摩很可能是最后一代宇宙学家。从20世纪开始到21世纪中叶，人类基本弄清了天上的一切，以及宇宙的历史，只有一个谜团顽固地拒绝被理解——那个早在2013年就被发现的冷斑。这个冷斑放在整个宇宙微波涨落图上并不大，只有几度大小，但与当时的理论完全矛盾。直到今天，宇宙的演化史和理论基本完备，古达摩这样的人还在为这个冷斑伤脑筋。
>
> 近10年来，由于世界经济好得难以置信，天文学家又接连

向太空发射了两个大型微波望远镜，其中较大的那个重达两百吨，覆盖了几乎所有微波波段。数据被发回，宇宙学家用了不到一年的时间就将数据处理完毕——宇宙学理论依然完美无缺，只是不能理解那个冷斑。

古达摩正在试图说服几个大经济体在南极建一个大型射电望远镜。这个镜子与已经在拉格朗日点的那两个巨无霸完全不同，主要用来探测那个冷斑，而且，探测波段将远远超出微波波段。正是后面这个设计难以说服各国科学官僚，因为主流科学家认为，冷斑就是微波冷斑，与高频射电无关。

当然，他的建议没有完全被否决，几个国家建议他先在南极建一个小得多的望远镜，看看他能获得什么。

古达摩当然不反对，因为，他心里有一个极大的秘密还不能公开。宇宙学家解释冷斑的上百个理论中，独独缺了一个理论——那就是，冷斑根本不是宇宙演化的自然结果。他认为，在大约 5 亿光年之外，有一个巨大的星系帝国，横跨大约 500 万到 1000 万光年。这个帝国以人工力量将一个星系团或几个星系团的能量提高了。那个巨大的冷斑，其实是微波背景辐射被稍高星系团能量拉长波长的结果。

如果他的猜测成立，当然需要直接探测来自那里的高频人为信号。

关于邪恶轴心的虚拟访谈

2013 年 3 月 21 日，欧洲航天局发射的普朗克深空探测器向公众发布了第一批宇宙学观测数据。

这些数据进一步验证了美国人用 WMAP 探测器看到的关于我们宇宙无法理解的几个“反常”。“反常”在物理学中常被用来指那些不符合主流理论的现象。过去，宇宙学家早就将这些反常称为“邪恶轴心”。

为什么叫邪恶轴心呢？简单地说，一些反常表明我们的宇宙在南北两个半球上是不对称的，例如，太空中无所不在的微波背景辐射的温度涨落在南半球高一些，在北半球低一些。宇宙学家如何定义南半球和北半球呢？当然不是用地球的南北半球来定义。我们知道，太阳系中的行星都绕着太阳转动，这些行星的轨道都在同一个平面上，这个平面叫黄道。用黄道来将我们看到的天球分成两半，南边的叫南半球，北边的叫北半球。

我对邪恶轴心的存在十分不解，觉得要么是宇宙学家弄错了，要么就有什么非常深刻的含义。为此，我拜访了两位历史上著名的人物——哥白尼和伽利略。下面是我和他们的对话。

我：哥白尼先生，我来自21世纪。在这个世纪，天文学家和宇宙学家观测到了几个十分重大的宇宙现象，不知您是否知道？

哥白尼：在你之前有一个人来拜访过我了，脑袋特别大，不苟言笑，好像是研究超弦理论的。他告诉我，你们发现了宇宙加速膨胀。对我来说，这十分新奇，因为在我的时代，宇宙只是太阳系。我发现整个宇宙是绕着太阳运动的，太阳是宇宙的中心，而不是地球。太阳代表了上帝的荣耀。你们发现宇宙远远大于太阳系，银河系中就有至少两千亿个太阳系，而整个宇宙至少有一千亿个银河系，这太让人激动了。

我：那太好了，您已经了解了我们称之为现代宇宙学的这门学科了。是的，在您之后，不仅地球不再是宇宙中心，就连太阳也不再是宇宙中心，甚至银河系也不是。顺便告诉您，那位先来拜访您的超弦理论家一定是爱德华·威腾，他是比我长一辈的最伟大的数学物理学家，就连他都不能理解为什么宇宙在加速膨胀。

哥白尼：哦，他看起来确实是一位极其聪明的人。他跟我抱怨他实在生不逢时，他开始做研究时，粒子物理的黄金时代刚刚结束，而等到宇宙学的黄金时代开始时，他又太老了。他看上去十分沮丧，说没有人能够理解宇宙为什么加速膨胀。

我：今天我来拜访您，不是来谈宇宙加速膨胀的。我们为宇宙加速膨胀设计了某种神秘的解释：暗能量。我想向您报告一个更加不可思议的发现，宇宙以黄道为中心是不对称的。现在，所有宇宙学家都为之犯愁。

哥白尼：我觉得这很自然啊，为什么宇宙必须是完美对称的呢？当然，在我的时代，宇宙局限于太阳系，那时，宇宙确实是完美对称的。例如，我在《天体运行论》中说，所有行星的轨道都是圆形的。可是开普勒这小子后来发现轨道是椭圆的，因此太阳系已经不够完美了。

我：我同意太阳系不够完美，您将上帝的荣耀和太阳联系在一起。后来，您的后辈、我的前辈推翻了太阳中心说，我们的太阳在整个宇宙中不过是一颗不起眼的黄矮星而已。我们将您的理论推广为“哥白尼原理”，这个原理说，不仅地球和太阳不是宇宙中心，宇宙中根本不存在任何中心。在宇宙中，用远远大于银河系的尺度来衡量，所有地方都是一样的。爱因斯坦还为此发明了“宇宙学原理”，这个原理基本就是哥白尼原理的延伸。好了，现在我们发现宇宙南北不对称，而且以黄道为界面，这实在不可思议。

哥白尼：唉，我和哥白尼原理实在没有什么关系啊。虽然你们不断地派人给我解释新的天文学和宇宙学发现，我还是认为，人类在宇宙中的地位非同寻常。

我：那么，您认为黄道在宇宙中是特殊的？

哥白尼：为什么不可以呢？上帝的奇思妙想远远超出我们的理解。

我：可是，我的一些研究宇宙学的同行们认为宇宙南北不对称可能是物理学原因导致的，而与智慧没有任何关系。只是，我们不理解为什么黄道面在这里扮演特殊的角色。

哥白尼：嗯，根据后来物理学的成功，你们发现的不对称也可能是物理学的原因。不过，物理学也是宇宙背后那个伟大智慧的荣耀啊。

以上就是我和哥白尼的对话。虽然我没有从他那里得到任何具体的启发，他的观点还是蛮有趣的。接着，我又拜访了伽利略。自然，我先解释了南北不对称，然后问他的意见。

伽利略：很有趣，十分有趣，非常有趣！也许，南北不对称的后面有某种运动学的原因。可是……世界本质上是对称性在指挥一切，例如你们称为“伽利略相对性原理”的东西，一条船上的实验和一个房间中的实验无法区分，你们哪怕在太空中做实验，结果还是一样。嗯……但你们也发现了对称性破缺，真空不是原则上最对称的东西，因此，南北不对称也不稀奇。

我：你这段话对我太有启发了，也许，在大爆炸开始的时候，宇宙中有什么东西导致了空间反演对称性破缺，这样，宇宙南北球中的光子温度变化就不完全一样了。

伽利略：是的，爱因斯坦曾经跑来跟我讨论过类似的事情。他说，光本质上应该和万有引力是一回事，只是后来分开了。如果，在他的理论中，我们引入一种称为赝标量场的东西，让它来破坏空间的反演对称……

我：太好了，这确实是一个最为简单的办法。可是，为什么是黄道面？

伽利略：是什么面不重要，黄道面可能不过是碰巧。

我觉得伽利略也许道出了事情的真相，但还不能肯定。是黄道面还是银道面，确实没有那么重要，因为这个面稍微偏一点，概率上也说得过去。我怀着极大的敬意辞别了伽利略。

最后，我去看望了爱因斯坦。这些人虽然住在同一个世界，似乎每一个人都占有完全独立的空间，似乎这个世界就是一个多元宇宙。当然，我的拜访既然是超现实的，我的旅行方式也是。

爱因斯坦：这么说你已经问过了哥白尼和伽利略了？

我：是的。他们俩尽管在这个世界上逍遥了这么多年，思维方式似乎还没有变。哥白尼觉得宇宙南北不对称和宇宙后面的超级意志有关，而伽利略觉得对称性才是宇宙运行的根本法则。

爱因斯坦：在我离开你们那个世界后，几乎所有人都将我看成是利用对称性原则推导物理学规律的第一位理论物理学家，其实你们一直误解我了。

我：在您之后，将对称性发扬光大的第一人是数学家外尔，当然这您比我们更清楚，他用几何将您的广义相对论和电磁理论统一起来了，虽然您用实验否定了这个理论，但它对后世的影响特别大。在您过世的前一年，杨振宁和米尔斯提出了规范理论……

爱因斯坦：那时我可从来没听说过这个规范理论，后来它成功了，我当然也知道了。杨振宁后来有一句著名的话——“对称性指导物理”，也许，这话不是他说的。

我：我们到现在也没有用对称性统一所有的物理规律，比如，超弦理论目前陷入停滞不前的局面。

爱因斯坦微笑不语。

我：让我回到宇宙微波背景辐射的南北不对称这个问题上来。我觉得伽利略用对称性破缺来解释这个现象最接近真相，您怎么看？

爱因斯坦：虽然对称性破缺是你们之前的一代物理学家在固体物理中发现的，但在我们那个时代就已经知道这个现象了，只是没有在论文中具体地说出来。你瞧，当年卡鲁扎提出第四维空间的时候，我就知道了对称性破缺。第四维和其他三维空间都不一样，是一个微观的圆。

我：还真的是这样，假如弦论是正确的，空间本身就失去了绝对的对称性。

这个时候，爱因斯坦拿出烟斗，抽了一口，悠闲地看着我，说：所以，南北不对称没有那么特殊，对吧？你们首先得解释弦论中为什么高维空间变得和三维宏观空间不对称了。

因此，伽利略先生看到了事情的真相。

但是，他并没有看到真相背后的动机。关于这一点，我觉得哥白尼先生更接近动机的起源。

很多人认为我是无神论者，其实他们错了。证明神的不存在比证明神存在更难，难道不是吗？证明存在只要举一个例子，证明不存在需要穷遍一切可能。比方说，你怎么知道宇宙大爆炸之前发生了什么？你们提出了很多关于宇宙大爆炸之前的理论，但也不过是无限多个理论中的一部分而已。

我：也许你们都知道了真相，只是不愿意告诉我；也许，在我们的世界，我们永远不会得知事情的真相。真相是超理性的。

开普勒和他的朋友们

近代科学特别是近代物理以精确实验与数学计算为主要特点，这些特点开始于文艺复兴之后的欧洲。近代科学开始于天文学和物理学的革命，在物理巨人牛顿之前，有四个巨人起到了开创性的作用，他们是哥白尼、第谷、伽利略和我们今天要聊的主角——开普勒。

这四位老兄所生活的时代相距不远，最老的当然是哥白尼，出生于1473年，比文艺复兴全才达·芬奇仅小21岁。哥白尼本人也是一个全才，不仅是天文学家，还懂四种语言，兼数学家、医生、艺术家、外交家、经济学家，还是个天主教圣职人员；年纪排在第二的是第谷，出生于1546年，比哥白尼小了73岁，间隔确实大了些；三哥是伽利略，出生于1564年；小弟是开普勒，出生于1571年，比伽利略小7岁，比他的师父第谷小25岁。其实，第谷并不是开普勒的师父，后者只是继承了他的皇家数学家身份。在第谷去世前一年，开普勒做了第谷的助手，但师父并不那么慷慨大方，很多数据不让他的助手看到。

在那个时代，每个科学家都身兼一些奇奇怪怪的职业，比如第谷，同时是个炼金术士，也相信星相学。开普勒本身就是个星相学家，向神圣罗马帝国皇帝鲁道夫二世提供占星咨询，也帮助其他国王做这种事，所以他地位甚高。如果就星相学来说，这四位巨人，两位出生在2月：哥白尼的生日是2月19日，伽利略的生日是2月15日，都是水瓶座；另两位出生在12月：第谷老师出生在12月14日，开普勒老师的生日是12月27日，前者是射手座，后者是摩羯座。当然，我们在这里不想深究这些生日的含义，如果开普勒老师再世，一定会告诉我们很多道理。

这四位的共同特点是什么？第一，他们都信教，有的是天主教徒，有的是路德教派。第二，他们都多才多艺，前面已经说过哥白尼的数种身份了，第谷除了着迷于炼金术，还研究草药，有些草药直到20世纪末还在用；他还开办了也许是最早的研究生院，这个研究生院教授天文学和医学。伽利略除了科学外，还是个技术发明者，发明了最早的望远镜——这使得他以观测结果否定了地心说；他还发明和改进了军用罗盘，制造了温度计。至于开普勒，在我们现在已经不再相信的占星学之外，他还是一位数学家，研究过雪花的六边对称性，提出著名的开普勒猜想——关于如何将圆和球紧凑地放在一起。除了以上所有共性，他们还都热爱艺术，或多或少是艺术家。

另外，这四位老师都和宗教脱不开干系。虽然我们常说教廷因为伽利略相信和宣传日心说找他麻烦、软禁他，但伽利略确实是位虔诚的天主教徒。一个证据是，他在婚外生了两个女儿和一个儿子，他觉得这些女儿不再适合婚嫁，让她们都进了修道院，一进去就是终身的；那个非婚儿子后来被正式承认为合法的儿子，并结了婚。四位老师中的老大——

哥白尼，虽然在死前出版了革命性的日心说，但终其一生都得益于教会。哥白尼的舅舅是位主教，与波兰的几任君主有密切关系。哥白尼在30岁到42岁之间是他舅舅的助手，帮助管理政教以及一些经济事务。哥白尼在此期间还尽了一些医生的职责，同时将85首诗歌从希腊语翻译成拉丁语；他还用肉眼观测行星，开始发现日心说。再说第谷，这位老兄是丹麦贵族，据说一度据有丹麦资产的百分之一，第谷也是占星学的信徒。最后，开普勒是路德教派的，但不是天主教徒。由于拒绝皈依为天主教徒，他被迫离开家乡。在当时，路德教派算是先进的，是一个趋向自由的派别。

不难看出，那个时期的科学先驱都生在有地位或富有的家庭，这也是他们能够在年轻时接受很好教育，有机会接触到天文学等学科的原因。第谷本人就是贵族，开普勒祖父当过市长，我们前面提到过哥白尼的主教舅舅，而伽利略的父亲是位作曲家和音乐理论家。

在谈他们的主要科学贡献之前，我们再八卦一点这些人的奇闻逸事。前面也说过哥白尼是个百科全书式的人物，他仅仅比达·芬奇小21岁，涉猎的领域一点也不比达·芬奇少。说到语言，在波兰语之外，据说他还通晓拉丁语、德语、希腊语和意大利语。另外，他还研究钱币和与钱币有关的经济学，为自己的舅舅、亲戚以及一些主教看病。哥白尼自己也差点成为主教。最有趣的是第谷。这位老兄由于出身贵族，染上贵族病，在20岁时和另一位贵族子弟在别人的婚礼上发生口角，因而决斗，在决斗中鼻梁给打碎了，所以一直戴一个金属鼻梁，据说是金的或银的。结果，1901年有人挖第谷的墓，发现假鼻梁是铜的。大家觉得这很合理，因为铜比金银要轻。第谷死于撒不出尿，而这个毛病据说是因为他参加一个宴会不好意思离开，得了膀胱病。他死于55岁，死后开普勒继承了他的位置，同时也获得了第谷生前不愿意给开普勒的行星资料。我们可以猜想，如果第谷活得更长些，开普勒也许一直发现不了行星运动的第三定律，而这个第三定律是开普勒行星运动三定律中最重要的，因为它直接导致万有引力的发现。

哥白尼的日心说对天文学直至整个科学的贡献和影响就不用说了。第谷的最大贡献是精确测量了一些行星轨道，为开普勒总结行星三定律提供了条件。他还发现了1572超新星，这颗在1572年被看到的超新星使得传统的观念彻底改变：月亮之上的天空一直被认为完全不同于地上的物体，是永恒不变的。第谷证明了这颗超新星在月亮和所有行星之上，超新星会突然出现说明天上的事也在变化。哥白尼和第谷都精于观测，理论上，不同于后来的伽利略和开普勒。相对年轻的伽利略和开普勒善于利用数学构造理论，一般认为，伽利略是将数学应用到天文和物理中的鼻祖。例如，伽利略总结了钟摆定律；他还声称在真空中，不同物体在地球的重力场中下落的速度是一样的；另外，还有著名的惯性原理。

至于开普勒，他在研究第谷的资料之前，认为可以用柏拉图正多面体来解释各大行星到太阳的距离。在研究第谷的观测资料后，他总结了行星运动三定律：

1. 所有行星的轨道都是椭圆的，而太阳处于椭圆的一个焦点上。注意，比开普勒大七岁的伽利略一直认为行星轨道是圆的，而不是椭圆。在发现椭圆轨道之前，开普勒也走过弯路，一度认为轨道是卵形的。

2. 在相等的时间内，行星和太阳的连线在轨道上扫过的面积相等。这等价于今天的角动量守恒。这个定律与万有引力具体的形式没有关系，只需要所谓转动不变性，即太阳引力场是转动不变的，与角度无关。

3. 第三定律至为重要：每个行星绕太阳运动周期的平方与椭圆轨道的半长轴的立方成正比。这个定律直接导致牛顿后来发现万有引力定律。

开普勒发现第三定律与他的一个嗜好有关。这个嗜好是，他喜欢将世间的一切都与音乐的和谐挂钩。例如，在这个信念之下他发现了开普勒多面体，这些多面体不同于柏拉图多面体。基于同样的原因，他发现了第三定律。有趣的是，不同于牛顿寻求力学解释，开普勒认为，太阳代表了上帝，而行星则代表了圣子，距离太阳越远，上帝的感应越小，所以地球这个灵魂所受到的引力就越小。我们看到，一些伟大发现的发现者的动机和其所受到的启发，往往不是我们后人所能想象的。

阅读上帝之书

匈牙利数学家厄多斯说过一句话："上帝自己一定保存一本书，在那本书中，有许多重要的数学定理以及这些定理最简单的证明。"这句话带点柏拉图世界的味道。所谓柏拉图世界，就是一个纯粹的抽象概念的世界，其中，数学是主要部分。

学过勾股定理的人一定知道勾股定理的很多证明，最简单的证明就是利用相似三角形的比例公式。我不知道这是否是勾股定理最简单的证明，但我感觉它不会在上帝之书里。最简单的证明留给读者去思考，一旦你想出来，你肯定会一拍大腿感叹："太妙！"

厄多斯举的一个例子是 $\sqrt{2}$ 是无理数的证明，这个证明，毕达哥拉斯学派应该已经知道。还有一个残酷的传说。据说毕达哥拉斯本人认为只有有理数是存在的，所以，这个学派将证明 $\sqrt{2}$ 为无理数的人处死了。

另一个例子是欧几里得关于存在无限多个素数的证明，厄多斯认为这个证明应该被收在上帝的书中。为了说明这个定理，也为了解释华人数学家张益唐在证明孪生素数猜想上取得的重大进展，让我们先从素数谈起。

在数学中，任何一个大于 1 的自然数如果只能为 1 和其自身整除，叫素数。例如，2 只能被 1 和 2 整除，所以 2 是素数，3 和 5 也是素数，但 4 不是素数，因为 4 可以被 2 整除。当然，6 也不是素数，它既能被 2 整除也能被 3 整除。

这样，我们很快可以列出按大小排列的最前面的素数：2，3，5，7，11，13，17，19，23，29，31……

我们可以一直排列下去。现在我们问，这个排列是不会结束的吗？也就是说，存在无限多个素数吗？用简单的排列法你是无法证明的，因为谁也没有无限多的时间一个一个来检验（给你一个整数，你从 2 开始用所有小于它的素数去除就是了，这里也有一个偷懒的办法，就是不试所有小于这个整数的素数，而只试小于该整数平方根的素数，但这也是一个很烦人的办法）。

欧几里得的证明很简单，他用的是反证法。假如素数的排列会结束，比如说结束在某个最大素数 p 的地方，现在，将这个排列中所有的素数都乘起来，这样就得到一个比 p 大的整数，这个整数当然不是素数。但是，在这个整数上再加 1，新得到的整数根据定义就是素数了，但这个结论与假设 p 是最大素数矛盾。这个简单的证明被厄多斯认为是上帝之书中收藏了的证明。

那么，什么是孪生素数猜想？我们再看一眼前面给出的比较小的素数数列：2，3，5，7，11，13，17，19，23，29，31……除了 2 以外，所有素数都是奇数，而且，素数 3 和 5 中间只隔一个自然数 4，同样，11

和 13 之间只隔一个自然数 12，17 和 19 也是，29 和 31 也是……中间只隔一个偶数的一对素数叫孪生素数，名字起得让人能顾名思义。

我们能够像欧几里得那样很简单地证明素数有无限多个。现在我们问，存在无限多对孪生素数吗？

这个问题貌似比欧几里得的问题稍微难些，但看上去难得不多。那么想你就错了，难度大了无限多倍，因为至今还没有人能够证明这个猜想。如果你能证明出来，我代表广大的数学爱好者奖励你一块钱。

孪生素数猜想是谁最先想到的？百度百科说是希尔伯特在 1900 年著名的希尔伯特 23 个问题里就提出来了。作为百度百科的顾问，我必须说这个说法太成问题了。它确实出现在第 8 个问题中，作为若干子问题的一个（另外的问题是黎曼猜想、哥德巴赫猜想，等等）。我不知道这个问题的具体历史，但我相信不短于几百年。1849 年，法国数学家阿尔方·波利尼亚克提出更加一般的猜想：存在无数个素数对，每一对素数之间的间隔是一个固定的偶数（2 是特例）。

2013 年 4 月 17 日，在美国新罕布什尔大学任讲师的张益唐证明了比孪生素数猜想弱得多的定理：存在无数个素数对，其中每一个素数对的差小于七千万。看上去，这距离孪生素数猜想的证明还有很大距离。他的论文被《数学年刊》接受了，所以应该是通过了同行评审，至于到底是否正确，恐怕还要等上一段时间。

要知道，七千万远远大于 2，所以这个证明当然不在上帝之书中，但也是一个进展。要想知道这个进展有多大，我们先看一下厄多斯本人在 1940 年证明的一个定理。他说，存在无限多个素数对，其中每一个素数对之差不大于较小那个素数的对数。看起来挺好，但当素数变大时，这个差越来越大，趋于无穷。

我没有看到过张益唐的证明，但想到厄多斯本人的定理以及后来的其他相关定理，想必这个证明不会简单。

讲到张益唐本人，还有很多有意思的故事。首先，他是我在北京大学的同届同学，1978 年入学。后来，他在北大获得硕士学位后去了美国普渡大学，博士论文证明了雅克比猜想，后来又被证明是错误的，因此没有找到工作。多年后，他找到了讲师工作。他的经历毫无疑问是个非常好的励志故事。还有人在天涯上猜测，他就是失踪多年的、当年网上著名写手图雅——这个人曾经可是我的偶像。

最后，人们确知的最大孪生素数对是多大呢？ $2003663613 \cdot 2195000 \pm 1$。

大设计

“这粒种子现在漂浮在没有空间的空间中——因为语言的贫乏，我们人类只能这么说。”这是约翰·李在写完他的那篇惊世论文后这么对我说的。

也许是上一世某个程序员的疏忽，也许是多元宇宙中一个不起眼的局部，这颗种子在最简单的逻辑驱动下不断地复制某种东西——姑且将我们完全无法理解的代码用“东西”这个词来代替。

代码本身没有任何存在感可言，但代码开始生成一系列规则，包括将代码中那些彼此之间毫无联系的点联系在一起的规则，这样，一张薄薄的膜就产生了。种子现在不再存在于没有空间的空间中，种子已经化身为这个薄薄的膜。“这张膜有多大？”我问约翰·李。他说：“大约是 1 纳纳米。”用 1 纳纳米是为了容易让我理解。我知道 1 纳米是 10^{-9} 米，1 纳纳米就是 10^{-18} 米了。事后我知道，这个尺度又叫“1 阿米”。

我咕哝道：“虽然很小，也比你们以前说的普朗克长度大多了。”

约翰不理我，继续说："1 纳纳米的薄膜就这样孤独地存在着，但主导程序并没有停止运行，它的运行使得薄膜'看上去'像一层水面，当然，那时还没有水的概念，甚至基本粒子的概念都没有。用水面来形容却比较合适，因为那时薄膜上的点与点之间形成阵列，程序运行的结果使得阵列轻轻地振动。"

我打断他："既然只是一层薄膜，也没有三度空间，你说的振动是什么意思？"

"想象一个皮球，抽象地存在，皮球之外没有三度空间，它也是一个皮球。再想象一个皱皱的皮球，皮球之外也没有三度空间，它也是一个皮球；光滑的皮球和皱皱的皮球之间来回变化，就是那个振动着的膜。"约翰耐心地解释。

"好吧好吧，虽然我还是不理解，就当是这样吧。"我倒是有些不耐心地接受他的解释。

约翰不理会我的语气，继续说："在振动了不到 1 飞秒后，新的情况出现了——代表光的子程序产生了。此时也还没有光，因为光只在三度空间存在，出现的只是子程序而已。"

我知道 1 飞秒是什么意思，就是 10^{-15} 秒，或者说，1 微纳秒，就接着问："难道这是你的'上帝说，要有光，就有了光'的版本？"

"对的，这个上帝不过是那个种子程序而已。"约翰 · 李说。

我想起圣经中写的，"上帝的灵运行在水面上"，真有点道理哦。

好了，以我的一点理论物理的皮毛知识，我已经猜到了下面他将说什么："最简单的相互作用的子程序产生了，接着就该是产生亚原子力的程序了，什么弱相互作用、强相互作用，最后，是万有引力的程序！"

约翰宽容地笑笑："你的物理知识不错啊，也猜得差不离了。不过，有些细节不完全正确。其实，万有引力的子程序先产生了，如果没有万有引力的子程序，亚原子力的子程序会立刻毁灭这张小小的薄膜。”

“为什么？”我很不理解。

“这是我的理论核心，或者说，这是大设计的核心。万有引力的程序产生之后，三度空间就出现了，万有引力是三度空间出现的先决条件。也许你听说过，四十年前，一群物理学家像先知一样预知了这个全息理论，万有引力是全息理论的基本机理。在三度空间出现之后，薄膜退居幕后。此时，三度空间中出现了一种强大的能量将空间的尺度急剧地放大，在比 1 阿秒还要短的时间内，宇宙的尺度被放大了 26 次方倍。”

“这我知道，这是宇宙暴涨。”我绝对是一个业余物理爱好者，但这么著名的理论我当然知道。

“薄膜虽然看不见、摸不着，它仍然是一切的幕后‘黑手’，三度空间虽然放大了许多倍，薄膜的大小几乎没有变化，直到主程序产生了亚原子力的子程序。此时，空间中开始充满基本粒子，看不见的薄膜也慢慢变大。后来，你从科普书中学到的宇宙的一切过程都出现了：原子核开始出现，然后是原子，然后是恒星、星系，等等。”约翰现在可以松一口气了，他基本将他的理论陈述完了。

“你忘了一件事，”我说，“暗能量是怎么出现的？”

“那是和开初将宇宙放大 26 次方倍的能量完全一样，只是后来被稀释了。”他有点迷惑地说，“不过，我还没有找到稀释的机理，但这两样东西肯定是一样的。”

我只好放过这一环，继续问：“暗能量将来会如何？宇宙将来会如何？”

“这一点我倒清楚，我的理论以及最新的观测数据一致告诉我，暗能量的密度将不断增大，大约在两百亿年后，暗能量的密度将变成无穷大，宇宙将被大撕裂。”约翰说，“过去早就有这个预测，我不过用更好的理论和更好的数据证实了这一点。”

“大撕裂之后呢？”我真心有些担心。

“也许出现无数个新的种子，漂浮在没有空间的空间中，然后，我开头说的过程重新开始，产生无数个新的宇宙。”关于这一点，他的语气表达出他信心满满。

“哦，也许，在开始的时候，也存在无数个种子，我们的种子不过是其中之一罢了。”我举一反三。

“非常可能。”他表示支持。

约翰·李的理论在我看来美妙无比，我开始四处宣传他的理论。不过，我可不懂他的公式，那些公式实在超过我的脑力，因此我也没有跟他要一份论文副本。就这样，在他的著名理论还没有发表之前，世人经过我的网络公司的宣传全都知道了，同样，他们也没有约翰的公式，有了也不会理解。

非常不幸地，也许我们永远不会理解约翰的公式了，因为不久后，约翰和他的论文将在这个世界上消失。至于他是否是因为知道终极答案之后遁世了，还是有一种神秘的力量让他消失，我至今还不得而知。

费米悖论的第51个说法

现在是公元3061年，我是地球上最后一个人了。

在所有人毁灭之后，我稍事休息——我还需要休息就是一个令人称奇的事实，我无法克服人类在人猿时代就养成的夜伏昼行的习惯，也无法克服喜欢美食的习惯。所以，我还是饱餐了一顿人造蛋白、人造碳水化合物、人造纤维。

我呼吸着清新的空气，大脑在休息时经过量子清除器的修整变得明晰无比，充满了对周围事物的敏感以及感激之情，身体飘进了小飞船。

独一无二的体验即将开始，这是地球上除了其他动植物外只存在一个人类的空前的体验。开始时还好，现在，无可名状的孤独感开始侵袭全身。孤独感与恐惧感，又是两种亿万年留在我们大脑之中挥之不去的感觉。不论我看到的景色是多么空前的不同——我置身于一个地球一样大的动植物园中，终于体会到亚当在夏娃出现之前的那种感觉：自由，但孤独和无助。

现在要做的事情是：在我生命剩下的最后几周内做完五十次环球旅行，用强大的全波段传感器检查地球上是否还有人类存在。我用的仪器可以看到纬度在五度之内的所有生命，做五十次检查只是为了保险。

我这样做的目的当然不是为了寻找配偶，不像一千多年前人类的小说家们经常想象的那样：一个人流落在荒岛之后的第一件事是寻找可以交配的异性。其实，五百年前人类由于进化速度的提高，不同的人对精神的需要产生了极大的差异，人类按照精神需要分裂成数十个阶层。在以后的时代中，不同阶层之间的交流越来越困难，社会普遍流行可怕的孤独病，人类的脑神经艺术家们的作品中充斥的内容不是流落荒岛寻找异性，而是充满精神冒险的故事。解决精神配偶成了艺术的主题——数百年来，艺术家只能由脑神经科学家来充当了。

直到人类在一百五十年前发现延续后代完全没有必要时，我们也早就克服了与异性进行动物性交配的欲望，取而代之的是完全不亚于这种快乐的几种刺激脑部快乐中枢的方式。慢慢地，我们发现了一种终极快乐。

没有发生世界大战，也没有发生大饥荒，更没有发生类似恐龙大灭绝时代的小行星撞地球。我放眼看去，地球比我活过的任何时代都更美丽，除了人类之外，动物种类也比人类第一次产生物种保护意识的时代要多得多。但这些动物中没有大型的肉食动物，所以，我可以肯定它们会在今后的几十万年甚至几百万年中保持平衡，一直到出现新的智慧动物，再次统治地球。

人类在过去三千六百年间出现了几位先知，他们谆谆教诲我们如何实现人类的终极快乐，但人类作为整体冥顽不化，错过了几个大好时机。过去一千年间也出现过几次太空航行热潮，结果十分悲观，太空“大航海”

时代从来没有到来，也根本不会到来，这和航天黄金时代的梦想完全相反。在航天黄金时代，人类征服了太阳系内所有行星，不少人甚至还到过奥尔特云，那是人类最伟大的壮举，因为来回过程几乎耗去人类寿命的三分之二。

公元20世纪最伟大的先知爱因斯坦发现速度的上限是光速，在那之后的四百年间，人类不断试图超越光速。科幻作家、理论物理学家、天文学家，不断地设想超越光速的各种不同方式。直到有一天，一位伟大的理论家指出，穷尽物理规律，人类可以达到的速度上限是光速的百分之一。在航天的黄金时代，最伟大的极限运动就是旅行到奥尔特云，来回需要两百年。在人类的寿命中，到达比邻星完全没有希望，因为仅仅单程旅行就需要四百二十二年。

我密切注视眼前的屏幕，试图发现人类存在的迹象。其实我根本不需要集中注意力，因为如果有迹象屏幕就会出现警报。在巡视中途休息的时候，我会进行漫步。这时，我就会觉得，这样的漫步虽然是古老人类在过去数十万年间的传统，但效率实在太低了。我享受着周围的一切，蓝色的天、偶尔出现的云朵、不危险的素食动物，以及一些小型猛禽和猛兽。我在想，将来是哪一类动物率先进化成有语言、有思维的动物呢？

有时我的飞船落在大海上，不论是风平浪静，还是遇到风暴，大海比陆地还要丰富多彩。透过无所不及的极高频声波探测器，我可以看到从海底到海面的一切。有时我面露苦笑，毕竟这个世界还是有值得留恋的地方。我想，也许率先成为智慧生命而再次统治地球的是某种海洋生物。谁知道呢？这个世界是不可预测的，即使人类发展到今天，我们也完全无法预测生命的发展。

在这几周中，每天两次用量子清除器修整我的大脑，但剩余的二十三个小时对我来说实在太多了，飞船上所有探测器没有显示过其他人类存在的信号，我的孤独感越来越重，到了最后几天几乎快承受不住了。

在黄昏之前，我已经结束了全球检视，然后，迅速飞向孟加拉省的巴特那市。这里在过去五百年成为全人类的圣地。人类最伟大的导师在这里发现了解脱的原理，但古代的修行十分困难，一亿人之中没有一个人能够做到像导师那样解脱。巴特那市在三千六百年前叫伽耶城，在这些年间，这里一直是繁荣的城邦。在我到来的时候，夕阳已经将恒河的水照得金光粼粼。

那棵永恒的树啊，它巨大的树冠已经在我的视野之内。我弃船步行，走到树下。环视一下周边，我坐下来，拿出那方透明的晶体。晶体开始闪出强大的光芒，我的肉身慢慢化成气体，而我的意识迅速地加入他们，在永恒之中看到想看到的一切。在消失的过程中，我仿佛听见后来的智慧生物在发问："他们都在哪里呢？"

独的回音

独白是对

独白的回音

对话是另一种独白

回到日常

我总喜欢说我接触现代诗的过程，但不是大学时代读《今天》，也不是后来在美国偶尔翻一翻书店里的英文诗，更不是后来回国后偶尔在网上即兴拼凑两首押韵的诗。

直到2006年，我开始读海子，才算与现代诗结缘。2008年3月，我开始认真写诗。从那以后，读诗写诗成了我生活的一部分。现在很难想象我会离开诗歌，生活再忙，总要抽出一点时间来写诗。如果写诗是一种非同寻常的状态，需要某种准备，那么我至少会找出时间来读诗，不一定每天读，但隔几天是非读不可的。

一个人要到四十六岁才写诗，在此之前我不会信。在此之后，我知道，一个人的生命中可以没有诗歌，也可以有诗歌，有诗歌的生命，是一种更加向内的生命。和一切视艺术和审美为生命的人一样，诗人是那种在生命中寻找意义的人。无论一位诗人是否有宗教信仰或者宗教情感，将诗歌纳入自己的生命本身就是一种宗教实践，或一种宗教行为。

在接触海子之后不久，我就接触了日本俳句，以及与日本俳句有关的英文俳句，而且开始写起了有自己风格的俳句。现在回头看，一切都很自然，我很感激自己的幸运，一开始就将日本俳人的闲寂和日本人的物哀感纳入自己的诗歌实践，这是生命里一种机缘巧合的安排。

回到自己博客上去查，我曾经翻译过英文俳句诗人 Jane Reichhold 的一篇文章《俳句技巧》。我自己的汉俳写作，开始于 2008 年 11 月。第一次写的几首汉俳后来没有被我摘录在包含两百余首汉俳的文档里。那个文档以这样的俳句开始："水仙 / 合上冬天的眼睑 / 女孩的手。"从开篇第一首，我就有意去写禅意。

不久，我在网上遇到南北的现代禅诗。查我的博客，应该是 2009 年 2 月。我在一篇博客里写道：

> 介绍两种诗。一种叫现代禅诗，推动这种新诗的诗人是王新旻，一个不出名的诗人。他的禅诗，据我谦卑的看法，是高于过去的所谓禅诗的。诗的真正禅意是日本俳句中的那种，来自诗人对生活的体会，而不是简单名词堆砌或文字游戏（这同样是我对中文古典禅诗的谦卑的看法）。
>
> 另一种诗是出现在美国电视 HBO 上的所谓 Def Poetry，这个节目做了 6 季，从 2002 年开始。诗的主要特色是直抒以及类似黑人 hip-hop music 说唱式朗诵方式。这种直抒方式，考虑到中国国情，在中国暂时不可能出现。我看到美籍韩裔诗人 Ishle Yi Park 的一些诗，简直会使中国的下半身诗人觉得患了荷尔蒙匮乏症——老实说，我对下半身的看法就是没什么就吆喝什么。

两种诗，截然相反，这说明语言的变幻莫测。

王新旻写了很多现代禅诗，我后面转贴他的六行体禅诗，真的很有俳句的味道。

至于 Def Poetry，我就贴一个 Ishle Yi Park 的视频，很明显，这首诗的内容有点儿少儿不宜。顺便说一下，Ishle Yi Park 曾经是纽约 Queens 区的桂冠诗人。

接着，我摘录了很多南北（王新旻）的禅诗。第一首是《布谷》：

布谷的呼唤
在午夜的空气中
开放

后来，是一阵雨
洒向积尘很深的
心中

当然，我在博客中说到“中文古典禅诗是简单名词堆砌或文字游戏”是有道理的，这肯定不包括影响日本人很深的寒山。寒山后来通过日本文化又影响了西方人。这也不包括也许不是故意写禅的陶渊明以及有意参禅的王维。唯有将生活本身禅化的人写出的诗歌才是身心合一的。

也算是机缘巧合，2008 年我就读了这本《世界现代禅诗选》里出现的何三坡，为他的《灰喜鹊》所感，也专门写了博客。例如我提到他的《落叶》：

秋天了　我的院子里堆满落叶
它们颜色金黄
风也吹不动它们

我还提到他的《饥饿的鸟》：

夏天，蝉声熄灭。天堂的帽子压得很低
鸟从雨中穿过　带着饥饿　飞行
一个穷孩子，走得很远

一切好的无意为之或有意为之的现代禅诗，大概都有这种天然的意味在里面，不论是何种风格，最后总是让人想到陶渊明或松尾芭蕉。

因此，当我打开《世界现代禅诗选》的时候，第一首诗就将我带进去了：

日当午
奥冬
一滴汗水
沿着额头
沿着鼻洼
沿着嘴角
沿着下巴
艰难爬过

蓝汪汪的天空
绿油油的田野
努力挺直腰身的庄稼
一闪
一滴汗水里走完了一生

有禅意的诗借助一个事物，被言说的对象或者意象，说出一个禅意，而不是说出一个有形的道理，更不是一个在《五灯会元》还是什么经典中提到的机锋或词语。诗歌是语言的创造，离开自身就什么也不是。

一首现代禅诗，可以像日本俳句那么短，也可以长到如下面这首：

一切都在缓慢中趋于宁静

古石

黄昏时分，我喜欢
在清溪河岸独自漫步
有时会想点什么
有时什么也不想
每当这时，我看见
和我一起同行的蚂蚁是缓慢的
清溪河的流水是缓慢的
河面流动的船只是缓慢的
在清溪河上空滑翔的鸟儿是缓慢的
天边散发余晖的落日是缓慢的
吹向远方的河风是缓慢的

被风吹动的树叶是缓慢的
仿佛眼前的一切都是缓慢的
仿佛一切都在缓慢中趋于宁静

可以说很多，也可以说很少：

秋

何兮

当采摘的人儿欢喜离去
当树叶都一一脱落
我再细数身上的果
一个都没少

可以写人：

晚风

还叫悟空

晚风掀翻了
头上的斗笠
这才发现
漫山的杜鹃
已经开花了

也可以写物：

七月的牵牛花

还叫悟空

七月的牵牛花长势旺呢

一夜之间，就锁住了

宝相寺的门环——

在西方，比英文俳句更早的，是庞德学习东方的意象派，他著名的《地铁车站》当然就是一首俳句：

人群中幻影般浮现的脸

潮湿的，黑色树枝上的花瓣

有庞德开头，自然就有了艾米·洛威尔的《蝶》，只是比英文俳句更“露”：

落花飞回枝头：

一只蝶。

说到受东方影响的西方诗人，当然少不了加里·斯奈德，他本人就是学禅的。这首《松树的树冠》简直是青出于蓝：

蓝色的夜

有霜雾，天空中

明月朗照。

松树的树冠

变成霜一般蓝，淡淡地

没入天空，霜，星光。

靴子的吱嘎声。

兔的足迹，鹿的足迹

我们知道什么。

即使不去有意学习中国人或日本人，现代人写出阿巴斯·基阿鲁斯达米《随风而行》又有什么奇怪？

火车嘶鸣着

停住

蝴蝶在铁轨上酣睡

我震撼于这首短诗的强大意向的力度。

更不用说有意学习东方的切斯拉夫·米沃什了，他的《礼物》太多人熟悉了：

如此幸福的一天。

雾早就散了，我在花园里劳作。

在这世界上我不想占有任何东西。

我知道没有一个人值得我嫉妒。

不管我曾遭受过什么样的苦难，我都忘了。

想到我曾是那同样的人并不使我难受。

我身体上没感到疼。

挺起身来，我看见蓝色的大海和帆。

我感激这本《世界现代禅诗选》的主编和编委，他们不仅将中国的现代禅诗展示在我们面前，还为我们带来了西方的禅意，以及邻国韩国和日本的禅意，例如韩国诗人高银、日本大名鼎鼎的金子美玲和谷川俊太郎。

我的人生规划，兼致小闺女

这原本是写了一半的《致女儿书》，原文主要给我们家小闺女交代一下家里的大致背景。后来，看到闺女的一张照片，觉得她稍微胖了些，觉得有必要谈谈我最近的人生规划，其中主要一条就是健身。

我们已经有段时间没有见面了，你是前年圣诞节回来的，到今年八月整整二十个月了，估计最快也得到今年圣诞节，“万恶的美帝科学家”才会放你回来一趟。

看到你貌似有点胖了，这不好，这是在万恶的美帝流行的肥胖病，我前段时间写了篇谈肥胖的短文，里面提到美国人因为喜欢（或者被迫）吃高热量的垃圾快餐，导致肥胖人群众多，每年因为肥胖导致的各种损耗（主要是健康问题）高达一千多亿美元。这很可怕，健康第一，美丽第二，肥胖对这两点都是威胁。我想告诉你，必须要注意了，要注意饮食，要节制。节制是美德，其实你做研究很不错，那是一种自控力，将自控力用在控制体型体重上，一样会成功的。

老爸减肥一年了，见了面你估计会大吃一惊，我从九十公斤减到七十六公斤到七十八公斤，体重上下波动主要看我是否需要陪人吃饭。暑假弟弟回来了，连续陪他在广州大吃大喝，结果涨到七十八公斤，即使我每天做几轮八分钟腹肌锻炼也没有用。

对了，一年前我来到广州，无意之中开始了新的人生规划。来到中山大学建设一个新的研究院（学院），这是对我后半生的挑战，也是我预先没有想到的。在北京的时候，因为对科学院有看法，觉得后半生基本完蛋了，你知道学术研究，尤其数理学科研究是吃青春饭的，我也带出十七名博士了，什么也不想干了。当然，写作我一定要做下去，没准会越做越好。

然后突然就有了这么一个机会，让我来到中山大学建设一个新学院，这是非常刺激的事情，因为它具有巨大的挑战性，而且我从来没有做过这样的事。所以，一年来，我把大半精力花在这上面，目前看来进展还算可以。我打算花七八年将一个完整的学院建设出来，同时还打算自己“弃理论从实验”，一方面协助其他人建设空间探测实验，一方面自己直接介入一个新的宇宙学实验，算是“填补”中国在这方面的空白吧。

学术说到这里为止。我想回到减肥这件事上来，谈谈我的人生规划。

一个偶然的机遇，我从去年七月底开始减肥。有人说看不得我胖，有肚子，本来挺“帅”的一个人就这样因为是个胖子而缺少了一种气质。那时我还不知道这是一种什么气质，最近我知道了，这是一种健康生活的气质，是一种让“色女”们见色起意的气质，这种气质往往出现在明星身上，永远不会出现在一个挺着大肚腩招摇过市的老男人身上，无论他是知识分子，还是打工者，还是别的什么人。

胖子无法穿衣。这一点在还没有人提醒我减肥时我就知道，比如在商场试穿一件圆领衫，身体中部突出，无论如何穿，都不好看，将衣服塞进裤子里不好看，不塞进裤子里也不好看。同样，一件再大牌的衬衫，穿在我身上也不好看。唯一的补救方式是外面套件西服，这样走出去，还有个人样，也就是说像个知识分子的样子。

减肥的好处之前我真的不知道。减肥之后，我发现睡眠明显好了。如你所知，对于做研究或写作的人来说，睡眠不好，既无法工作又无法享受生活，简直是生不如死。即使白天试图补觉，躺在床上或沙发上翻来覆去先浪费至少半个小时，甚至浪费一个小时，这太痛苦了，减肥前的两年我就是这么过来的。减肥之后，睡眠慢慢就好了，补觉时也容易入睡了，虽然睡眠时间不长，往往介于十分钟到二十分钟之间。我算是通过减肥之途从地狱走回了人间。

我的减肥方法很简单，很容易执行，一点也不痛苦，只是需要执行力，或者说自控力。有五个月左右的时间，白天我基本正常吃，但晚饭我很注意，基本不吃或少吃碳水化合物。在北京少吃碳水化合物有点难，因为那是一个基本没有饮食文化的城市。怎么办呢？我让你妈做两碗青菜汤，里面放一点点瘦肉，来广州前的一个月左右我就是这么过来的。

到了广州，我发现了惊喜，广州人爱喝汤爱喝粥！这太好了，因为汤和粥的碳水化合物含量很低，每天晚上我还点一碟肠粉，这是一种用米面做的食物，肠粉的碳水化合物含量类似日本的乌冬面，比普通面条要低得多。这样五个月吃下来，我的体重从九十公斤降到了七十六公斤，减肥大业基本大功告成。

从去年年底起，我的右脑开始钝痛。拖着不去看医生，今年上半年实在不行了才去看医生，医生说这是枕神经痛，得吃药。吃药有效果，但药一停钝痛很快就复发了。脑力劳动者，最怕头痛了。不得已又继续吃药，有效果，但越吃效果越差。我心想后半辈子算完了，头痛算是阴魂不散地缠上我了。

半个月前，因为一个偶然的原因，我知道了八分钟腹肌锻炼法。本来是做着玩玩的，谁知道，这种运动不但可以减掉腹部脂肪，还因为颈部运动治好了我的头痛。现在，我不吃药头也不疼了，这个最大的“阴魂”被赶跑了。我的腹肌还没有出现倒是先摊上一个额外的好处！另外，白天补觉有时还能睡上一个小时——大惊喜。就睡眠来说，也许我从人间又走到了天堂。

现在，我天天宣传腹肌的重要性。在连续N天说“好女不过百”之后，我天天谈人鱼线和马甲线。男人没有人鱼线不性感，女人没有马甲线不性感。光瘦弱也不行，虽然没有“游泳圈”没有肚腩，但还是不够性感。

那么，我的后半生事业是什么？就是宣传健康生活，让男人有人鱼线，至少减掉肚腩；让女人有马甲线，至少减掉“游泳圈”。这样，中国人的生活质量才会超过美国人。同时，没准一不小心我还能因为老帅哥的形象去代言什么产品呢。现在，已经有人说我是中国的Brian Cox了，多好的赞赏啊。对于有自控力的人来说，天下就没有什么不可能的事情。你该知道Brian Cox吧？一位物理学帅哥，做粒子物理实验，同时做科普，上电视和电台，做演员玩音乐。关键是，他是位帅哥。

说了半天我的情况，其实我还是想告诉你，要注意自己的体型和体重。

现在回来谈谈你，谈谈和你关系密切的我们的家世。

我喜欢王朔的小说，主要还是他在2000年后写的那些，如《我的千岁寒》。《致女儿书》我也特别喜欢，它是介于小说与非小说之间的一本书。

谁都知道，在中国文化传统中，父子或父女是没有什么交流的，这是几千年的积弊甚至是几万年的积弊，想改也难。如你所知，王朔和他妈妈的关系是不好的，看得出主要原因在他妈妈，老太太盛年时干革命，大概没有时间来照应王朔哥俩，同时家长作风使得王朔逆反，难的是王朔一辈子逆反，这在《致女儿书》中也有所体现。

王朔对他爸评论很少，估计父子之间既没有多少交流也没有多少冲突。看得出，王朔在女儿还小的时候就与妻子离婚，将她们母女送去美国，内心歉疚不安，但也看得出，王朔与他女儿交流甚多，这本书更是推心置腹之作。王咪比你还小两岁，已经结婚了，王朔没有去参加婚礼，据说是怕看到女儿嫁出去。看得出王朔极为用心，他的几位大佬朋友都去参加了。我个人却以为，第一，王朔回避见到女儿的妈妈——他的前妻；第二，他怕将小他很多的现任女友带去，也许后者才是他不参加王咪婚礼的真正原因。

我觉得王朔是那种心肠特别好的人，只是带着一股怨气，没有办法，这是中国文化传统的错。至于我和你，一直都有一点距离。原因大概有二，一是我遗传了你奶奶的性格，虽然不那么霸道，但气场强，年轻时只想着自己的事，你小时候也体会到了，因为你说过我哪里会知道你的成绩！二是你直到五岁才和我真正地生活在一起，我错过了你的大脑发育期。可能还有三，就是你也遗传了我的性格，内心强大，多数时候无须和别人交流，好在你还有妈妈，不忙的时候还能经常给她打电话闲聊。最近暑期，你忙了，也没见你打电话给妈妈了。

其实我还蛮重视子女的成长环境的，有时候是有心无力罢了。好在，人类有一种强大的天性，就是重身教轻言传，这样我们之间虽然不怎么交流，你还是遗传了几乎我的所有特点：好胜、倔强、爱读书、爱学术。

爱读书爱学术应该是潜移默化吧？想到这一点我就会释然，至少我对你还是有正面影响的。

负面影响也有，就是过于倔强，这遗传自奶奶，奶奶算是我们家走出来的第二代，第一代是我外公、你曾外公，他是半个农民半个商贩。1949 年前，他还是一个商贩零个农民，经常从白蒲镇去上海跑码头。我小时候经常在他的带领下喝黄酒，吃他做的姜丝肉。现在，不仅他早就故去，连继承他职业的姨夫（你姨祖）也早已故去，没有人能做出那么好的姜丝肉了。你姨祖在的时候你还小，你应该吃过他做的姜丝肉。好啦，我不要跑题了，回到你曾外公。他的性格遗传给了你奶奶，奶奶的性格遗传给了我，我的性格遗传给了你，现在你该知道决定你半个人生的遗传基因是哪里来的了。争强好胜，来自你曾外公；聪明，也来自他；倔强，同样来自他。因此，在一般人看来，你的情商不会太高，就像我 45 岁前那样。好在你要做学问，做学问的人可以暂时不要情商，智商先好好用起来。

前面说了奶奶是走出来的第二代，我是第三代，你就是第四代了。人说，三代出贵族，我想到了你就是出贵族的时候了。这里的贵族当然不是指那种有财产有佣人的人，而是指人类中真正的优秀者。一个贵族，他视自身不同于平常人，他要为人群做更多的事情，可以是物质上的，也可以是精神上的。关键是，他对人类的优点和缺点看得更清楚，懂得如何尽量规避缺点，发挥优点。一个贵族，他应该自觉地保持与人群的不同，保持与体制的不同，而这种保持不同不是为了不同而不同，是发自自己内心深处的需要。他要活得更加自觉些，更加明白些，不能因为饿了才去找饭吃，不能因为穷了才想到挣钱，不能因为心灵饥荒了才想到找精神依靠。

我喜欢叫你小闺女，你也知道原因，不是因为你年龄小，我们之间只差了两旬，你比你弟弟大 7 岁。可是，弟弟是个大块头，虽然因为健身并不胖，你却矮一些，脸要小很多。脸小有脸小的好处，好看，上镜，天然美女，这一点我很自豪。

我确实自豪，你和你弟弟都是我用来炫耀的资本，你马上要从加州理工学院博士毕业了，你完全靠自己才有今天的成绩，而弟弟很快要从加州大学戴维斯分校本科毕业了，未来的首要目标是赚钱。我完全改变了 45 岁以前的想法，那时我除了做学问，要为人类做出精神贡献，对其他都不认可，我还想着弟弟将来做一个古生物学家呢。你比我成熟得早些，你说，一家人，不能都做学问，总得有人赚钱。这样想，就对了。其实仔细想想，我那时是好名而已，现在支持你弟弟从商也不是好利，而是为了多元。

最近，我对自控力这件事很感兴趣。我们家的人都很倔强，你、弟弟、我，都是这样。弟弟好些，你和我几乎完全一样。自控力不是倔强，倔强不理性，自控力却是理性的。目前，我还在努力减肥，争取减掉最后两斤，彻底消灭小肚子，争取练出腹肌。我对你没有什么期待，将来在美国做学问也好，回国做学问也好，都是你自己决定的事。不过，据说美国的生物学家薪水不算高，所以，你可能要在薪水和环境之间做一个选择。

说了半天，说的是你很幸运，有了好的遗传，也顺带有了负面遗传。那就好好扬长避短吧，这个世界是你们的，最终是你们后代的。

老爸

做一个公共知识分子（一）

我最近在写一本书，刚开了头。请放心，这本书与政治无关，与社会也无关，甚至与人生也无关。

我遇到一位老朋友——一个比我年轻得多的女编辑——严格地说她不是编辑，只是做书，也干点别的，过去确实做过我某本书的编辑，是我遇到的最好的编辑之一。

我对她说了我写书的计划。她说："李老师，这书我也参与推荐了。有一次，某个图书公司的一位编辑来询问关于您的事，我告诉他，李老师人很好的，但你不要管他的公知一面。"

貌似我不知不觉地成了公知，并且，这位知性与理性兼具的美女对公知并无好感。

在另一个场合，另一个人，也是不经意地跟我提起公知，看来我是公知的事被大家认定了。好在她自己也有公知的一面，好在她的价值观跟我的基本一致。

我不过是几年前在微博上讨论了有关污染的问题，转发了一些事，在腾讯《大家》写过一点自己对待历史的态度，写过关于自由的主题，写过几篇电影评论。看来，这一点点事，让我成为很多网民不屑的公知了。

在中国，很多概念的含义与这些概念的原初意义不完全一致，有时甚至完全相反，例如左派右派、公共知识分子、传统医药，等等；最近，又多了个本土才有的“大V”。不过我不够资格做大V，我也就没有资格谈大V了。

那就谈公共知识分子吧。我先表明态度，尽管我没有刻意地去做公共知识分子，我也觉得公共知识分子只是人可能的身份之一，它并不怎么特殊，但也不那么简单，不比在餐馆打工对社会的贡献小。一个专业知识分子可以选择做公共知识分子，也可以选择不做。选择不做很好，业贵于精专；选择做也很好，因为我们很快看到，所谓公共知识分子，只是在公共场合发声而已，并不和专业知识分子身份相矛盾，也没有骚扰别人。

像任何其他人群或分类一样，公共知识分子也是一个技术活，并不比厨师易做，也不比厨师难做。做一个公共知识分子，需要一点准备，也需要一点专业知识。否则，就会弄得像过去几年微博的很多“公知”一样，只是粉丝多一些、关注社会多一些、讨论问题多一些。当然我必须说，微博上有不少我喜欢和认可的公知，也有一些在我眼里不算公知的公知。

我不是说那些微博“公知”不可以讨论社会问题，不可以关注社会事件，而是想说，他们究竟是以一个“厨师”的身份讨论烹调，还是以一个需要进食获得能量的人的身份讨论？

公知我很早前就做过，严格地说，是25年前我在北大读书时。很多人知道20世纪70年代末80年代初是一个有意思的时代，但并不了解。那时，社会以关注文化、讨论社会问题为荣，大学生更是如此。那时，每天关灯之后，整个宿舍没有人睡得着，大家仍然以成年人的身份继续关灯之前的严肃话题——我说以成年人的身份，确实有点逗笑的意思，因为那时我介于16岁到20岁之间，其他人也大不了多少。

所以，我在人数高达六人的公共场合多次做过“公共知识分子”。我讨论过自己一点也不了解的农村和农民问题，暑假我还专门调查过我的农民亲戚；讨论过未来中国该走什么路，包括政治的和经济的；讨论过教育和文化；讨论过科学在中国的发展；讨论过那时红过紫过的各类文章，其中包括一些在大报上发表的小说。我记得那时影响大的小说，在图书馆往往需要耐心等待围在布告栏前读小说的人留出一点空再挤上去读。

现在想起来，我还是认为大学是我这辈子最快乐的时光。我在做“公知”中成长起来了，从身高不足172厘米、体重不足55公斤的青涩小男生长到身高渐达179厘米、体重超过65公斤的男人。

不过，再怎么快乐和难忘，我却要说，那时我完全不够格做一位公共知识分子。为什么？让我们看看英文维基百科关于“公共知识分子”的定义：“公共知识分子泛指那些从事公共事务讨论的知识分子，而不仅仅从事学术和其他专业的讨论。”多么简单明了。第一，你必须是知识分子；第二，你必须讨论公共事务，但同时可以是，也可以不是研究学术或从事其他专业的知识分子。

“公共知识分子”原来是英文维基百科中独立的一条，最近被划归为“知识分子”词条中的一节，可见，公知首先必须是知识分子。那么，何为知识分子？在中国，这件事很难说清，因为很多人为此纠结。有些人不屑，有些人不屑又暗暗羡慕。反正，知识分子头衔和公知头衔一样让人感到茫然，这是中国当下最有意思的地方，我就愿意生活在这样一个社会。在美国，没有人会为知识分子和公知头衔纠结，但在那里，所有事情都变得普通，波澜不惊，这真是好无趣。

那么，何为知识分子？维基百科开头说：如果一个人在职业中或作为自然人中主要用到智力，那么他／她就是一名知识分子。有趣的是，本条的释义图是著名的法裔美籍文化史学者兼公共知识分子雅克·巴尔赞的头像。可见，只有当过公知才更有名啊。

大学生是知识分子吗？不是。一名大学生最多在未来可能成为知识分子。大学生毕业后完全可以不从事脑力工作。一个对知识分子更加严苛的定义要求将记者排除在外，可见，仅用脑力也成不了知识分子。可是，王小波说过，在他那个年代，连高中没有毕业也能成为小知识分子呢，至少是知识青年。可见，在介于16岁到20岁之间，我不是一名知识分子，更不是一名公知。

维基百科在定义“公共知识分子”之后，紧接着引用著名公知爱德华·萨义德的话：“因此，一个真正的知识分子永远是一个边缘人，自我放逐，在社会的缝隙中生存。”

也就是说，并不存在纯粹的学术和专业知识分子，一位真正的知识分子必然有个人的观念或哲学，并且试图在公共事务和公共场合发声。他自己为自己的观点负责，不为任何人群或政治家代言。

你看，一个公知，并不那么简单，就像一名厨师一样不那么简单。

做一个公共知识分子（二）

我写《做一个公共知识分子》，刚开了头，腾讯《大家》就接二连三地有人谈这个话题，我乐得只读不写。现在，也许尘埃还远远没有落定，我只得将自己的话说完。

公共知识分子就像很多名词一样，这些年其面目变得暧昧不清。西方人通常认为公共知识分子的身份源于法国知识分子，从 19 世纪末他们形成一个传统，有事无事就纠集一些人写抗议书。我记得居里夫人、爱因斯坦就喜欢干这种事，当然还有左派的物理学家保罗·朗之万，后来的萨特等人就更不用说了。在中国，对公共知识分子有至少三种以上的理解：一种是民间的理解，认为意见领袖如微博大 V 就是公知；另一种是媒体的认定，以《南方人物周刊》为代表，每年评选一百名公知，基本上是爱说话的专业知识分子，偶尔也有媒体人。

最后一种，自然是官方的。比如说，《光明日报》2004 年有一篇文章，《警惕“公共知识分子”思潮》，引用了很多专门研究“社会科学”的专业知识分子对公知的一些言论。这些言论很多照搬西方的定义，也有批评这些定义的，例如：“根据西方公共知识分子理论提出的公共知识分子的主张，与西方新闻观宣扬的‘新闻独立’、‘社会公器’、‘第四权力’的主张十分相似，就是要把知识分子视为超阶级的，是公共事务的介入者和公共利益的‘守望人’。这样的知识分子观，与我们党关于知识分子是工人阶级一部分的重要论断，与知识分子是中国特色社会主义事业的建设者，与马克思主义知识分子观，显然是不相符的”。

其实，公共知识分子是中国人的传统，这种传统至少有两千年以上的历史，老子、孔子是公共知识分子——他们那个时代出了很多公共知识分子，形成百家争鸣的局面，很多人走上层路线，企图让诸侯接受自己的观点，从而自上而下地实现自己的抱负。这些知识分子，后来一律被视为思想家，很少有人被视为专业知识分子。在我这个没有学好古典的人看来，也就那些会打仗的人算军事家，专业的如孙武、孙膑。你能说老子是专业知识分子吗？一部《道德经》，我看到很多哲理，如“上善若水”、“不尚贤，使民不争”，等等，既有做人的道理也有为政的策略，但与任何专业无关。同样，庄子这个人算哪个专业？也许算了不起的散文家，除此而外，他也讲了很多哲理。

孔子学得就更杂了，我觉得他是个典型的公共知识分子。他一方面带学生，让他们继承自己的思想，这是他在“公众”中传播自己所学所思的方式；另一方面，他周游列国，好像游说的都是小国君主。走了十三年，除了小国外，最后只到了楚国的边境，所以孔子是典型的边缘人，和现代西方公共知识分子的定义很接近。北大教授李零著《丧家狗：我读论语》中说孔子是“一个有道德学问，却无权无势，敢于批评当事权贵的人；一个四处游说，替统治者操心，拼命劝他们改邪归正的人；一个古道热肠，梦想恢复周公之治，安定天下百姓的人。他很彷徨，也很无奈，唇焦口燥、颠沛流离，像条无家可归的流浪狗。”李零对孔子的理解，完全符合西方对公知的理解，至少满足萨义德的定义。

后来，汉武帝独尊儒术，比西方更早地开始建立专业知识分子制度，知识分子就不再公共，而开始为皇家服务。再后来，隋文帝开科取士，知识分子就成了普通百姓做官的必经之路。从那以后，也许中国不再有真正意义的公共知识分子了。

西方的知识分子专业化比中国晚很多。如果我们粗略地将近代大学的发端看作专业知识分子的发端，那就是12世纪的事。很多世界著名大学就成立于12、13世纪，例如巴黎大学和牛津大学成立于12世纪，剑桥大学成立于13世纪。很多专业知识分子不见得在大学任教，例如哥白尼是一位教士，经常做担任主教的舅舅的助手；笛卡尔、帕斯卡、费马、卢梭、伏尔泰这些“专业知识分子”要么做家庭教师、律师这些看上去与知识分子无关的职业，要么流亡。其实，他们仍然是真正意义上的公知。

中国现代又有了公共知识分子。如果我们不算康有为、梁启超这些本质上是政治家的知识分子，不算当过孙中山顾问的章太炎，也不算当过官的胡适，王国维、鲁迅、马寅初这些人应该算是公知。我们同样有一个糊涂的领域，就是国学。国学大师到底算什么？按照研究，他们是专业知识分子；按照影响，似乎他们在公共领域的影响还挺大。但是，又有多少人了解陈寅恪、钱穆的研究成果呢？当然，我们就更不要谈做了国学大师又做国师的人了。公共知识分子的现代史好景不长，因为“国家民族利益”的需要，很快，所有公共知识分子被迫销声匿迹，在很长的一段时间内，我们只能听到整齐划一的声音了。

以上提到的一些公知，如鲁迅、马寅初，在不同时代被社会和官方奉为对社会有巨大贡献的杰出人物，是思想家，有时甚至是革命家。这些公知，身份和做的事情应该没有太多争议，大家最多对鲁迅老爷的脾气有点嘀嘀咕咕。

公知原来在中国历史上有这么辉煌的记录，至少，没有了诸子百家，我们现在就更没有可以自夸的文化历史了，谁能想到公知在当代竟然与意见领袖一同有被民众不齿的危险，可见，在中国，事情真是复杂得很。

西方人对公知的讨论其实也不是一边倒，有质疑公知对社会的作用的，有认为公知不如专业知识分子更有贡献的，萨义德在《知识分子论》中提到和回应了一些质疑。比如说，谈到美国政治外交事务，有些相关专业的知识分子认为，一个研究文学的人如萨义德是没有权威发声的，至少他的发声不能被认真对待。萨义德说，专业知识分子因为位置和利益的关系，往往会一致地站在"主流"一边，很少提出质疑。萨义德对美国和伊拉克之战的质疑，语言学家乔姆斯基对越战的质疑，都是出于一个知识分子自由的思考。萨义德同时认为，专业知识分子倾向用难懂的专业词汇让事实真相变得更加模糊。

有人认为，知识分子不仅应该只从事他自己专业的研究，还应该追随他自己的利益。如果这么看，那么所有关于社会科学的发声都将被我们一开始引用的那篇《光明日报》文章那样的论调统治，因为专业知识分子只有那么说、那么做才能获得最大利益。而旁观者，比如一位作家，要么好好去写作自己擅长的文体，例如爱情专栏，或心灵鸡汤，毕竟那样做写出一本畅销书的可能性更大，总之比写腾讯《大家》这样的专栏更有可能赚钱。这样，就引发一个悖论：是什么样的人来写腾讯《大家》这样的专栏？是关注社会问题、文笔用词都很深奥难懂的专家，还是喜欢思考的写作者？

就功利性来说，一个像我这样的人，老老实实待在自己的专业领域，工资比写几篇专栏要丰厚得多。坦率地说，现在很多理工科的专业知识分子的收入要远远高于社会科学和文科的知识分子收入，也远远高于靠写专栏的知识分子的收入。写专栏的知识分子，应该后悔当年为什么不选择学理工科，因为靠他们的聪明才智，如果当年从事理工科学习研究，现在说不定可以拿到高薪。

完全用利益来决定自己做什么，这正是当下中国很多人的现状和问题。以我的情形，再退一步，只写科普文章，都不是利益最大化的选择，因为写科普既不能为我的SCI增加论文和引用，在申请基金时也不被计入，同时，在专业升迁等过程中也没有人给我加分。这恰好是中国科普远远落后于其他科学大国的原因。

然而我却选择写科普。一来我有与大家分享自己专业知识的欲望，二来我觉得这是一个专业知识分子的责任。我当然也没有那么“大公无私”，写作不仅提供快感，还带来名声和一点稿费，何乐而不为？

不难设想或论证，如果所有知识分子都被迫商业化，不仅公共知识分子会消失，所有知识分子都会消失。

历史上不存在真正大公无私的公知，即使“清高”如萨特那样拒绝诺贝尔文学奖，他也会在乎自己的名声。在公共领域的名声，不论是专业的还是非专业的，是一个知识分子的生命。他可以抵抗强势者——不论是官方还是民众——但他不能不注重自己的道德文章，这才是一个知识分子在发声之后享受到的真正的快乐。因此，尽管做一名公共知识分子不会为我带来太多物质上的好处，我还是愿意做一名公知，因为我喜欢自由，我享受发声的快感，同时，我也享受这样做为我带来的关注度。这些，都是我的利益所在。

做一个正确的人生导师

题目早已拟好，只是迟迟没有动笔。那天白天我还在微信宣布当晚必写，最后还是因为一懒二累而拖延了。

然而不久后，我就偏偏在生活中做了一次人生导师。这就迫使我不得不写了。

一个只有二十二岁的研二学生，当然会有很多困惑，关于专业、关于选择、关于用功还是不用功、关于困惑、关于该不该困惑、关于该不该想“该不该困惑”……但凡一生遇到的问题，一个年轻人几乎都会问。

而且，现在的年轻人与我们年轻的时候不同，问题多，并且敢于困惑。我们那时，除了读书还有什么选择？除了毕业后服从国家分配还有什么选择？现在，选择多得如“交叉小径的花园”中的路，面临选择的时候，年轻人当然要发问。一个研究生当然可能会问他的导师。那么，导师该不该回答呢？回答了就当了一回人生导师。

可是根据微信公众号“世相”的主人张伟同学的一篇文章，一个人要远离人生导师，“热衷对陌生人生活进行指导的人，要么没有智慧，要么没有道德感”，“即便这些教诲偶尔是正确的，也因为概率过低而不足弥补”。

好吧，我的学生不是陌生人。但他除了在入学的时候见过我，一直在研究生院上课，这和陌生人有什么两样呢？我认真地回答了他的问题，自愿地提供了指导，有些指导甚至溢出他的问题范围。如此说来，我是否没有智慧，或者没有道德感？

早在这之前，我在转那篇文章的时候说：“一个写作者，尤其是写公众号的人，不可能不去指导别人，这篇也在指导。所以开篇应该说这篇文章只有 60% 正确。”

在我打算写这篇文章的时候，我这样写道：“人固然都是独特的个体，但太阳底下无新事，每个人都有值得分享的人生经验，有些人拥有的更多些。”对这段话，我现在还可以加上一句：“有些人更善于从别人和自己的经验做出总结。”

因为，今天我就不避讳被责备为人生导师，与我的学生分享了我的经验。而现在，也不避讳被指责为“要么没有智慧，要么没有道德感……即便这些教诲偶尔是正确的，也因为概率过低而不足弥补”，和大家分享一下我都对那位学生说了什么。最后，我再总结一下我们大家为什么应该去争当人生导师，如何做一个正确的人生导师（当然不是做一个只说正确建议的人生导师）。并且，我还会再次指出，只要你在写非故事、非诗歌体的文章，你就在做人生导师。

一个人不该为做人生导师而羞愧，应该为做了人生导师却贬低人生导师而羞愧。

好了，让我们转到正题——我都和学生讨论了什么，我都说了什么。

这位学生先问我关于这个那个的专业问题，这里略去，对陌生人无用。

接着他问我：怎样判断我是否有做科学研究的能力？

我反问他：一件事你不去做怎么会知道答案？老师在课堂上讲，有些你听明白了，有些你没有明白。即使你听明白了的那部分，你不去做习题，你怎么知道你真的明白了？比如我，我做了研究，知道了自己会做研究。然后我写诗，写诗之前不知道自己会写，写了几首之后，我知道自己会写了。但那时我并不知道我能写得很好，因为经验不足。在写了不到两年之后，我写出了自己的风格，那时，我知道我能写出好诗。现在我确定，我确实是个诗人。

然后，在一年半前，因为科幻界的忽悠，我突然就进入了小说领域。先写了一篇小说开头，在微博上很多人建议我如何写得更好，甚至被一个匿名的人谩骂，说我压根不具备写小说的基本素质和能力。但我这人不信邪（当然不信邪不等于相信自己会写），我继续写，虽说第一篇处女作从来没有完成最后一稿，我却写出了十二万多字的短故事，写了几篇爱情小说，得到了不少人的夸赞。这样，我明白我会写小说了。只是，一年半的经验不足以让我相信自己会是个好小说家，虽然今天还有人这么夸我："唯一的男闺蜜李淼老师写小说不比他当物理学家和写诗差。"

写了这么一段，无非想用具体例子说明一个简单的道理：困惑于事无补，你得去做，才能知道答案。想知道梨子甜不甜，就得去尝；想知道自己会不会做某事，就得去做；想知道能不能够做得好，就得不断地去做。因此，想知道自己会不会做研究，那就去做研究。

他又问了一个问题：不知道值得不值得为研究用功。因为很多同学关心他，他有点偏瘦，在用功之后身体会不会变得不好？

我问他：你看看我，我的气色和身体，哪里不好？虽然我不算最用功的，至少用了几十年功，现在怎么样？

他说：看上去挺好。我继续问他：我和你父母差不多大吧，他们不需要用功吧？他说“差不多大”。我又问：我的身体与他们比如何？他说“不比他们差”。

这是用实例来回答他的问题。

接着我说：不用功能将研究做好吗？其实做任何事，不用功行吗？有一个一万小时定律，告诉你，各行各业，做得好的人，包括那些天才如莫扎特、牛顿和莎士比亚，都逃不过一万小时定律。你得在一件事上花上至少一万个小时，才能够熟练地掌握它。如果你想成为天才，当然你得有做那种事的基因，并且得花上比一万个小时更多的时间。

当然，下苦功的时候，得注意健康。用功与健康生活不矛盾，睡够吃好，注意身体的调节并适当锻炼，只能帮助你做到更加用功。不用功的人能将一件事做好吗？那些关心你的同学觉得不必特别用功的他们不是和你一样年轻吗，那么他们怎么能知道一万小时是必须的呢？至少他们不是任何一方面的专家或熟练工吧？他们更加没有成功吧？你是听一个过来人的经验，还是听一些远远还没有掌握任何方面技术的人给出的意见？我觉得那些人的话完全可以忽略。

我对他重复了我最近常说的话：“年轻时不吃苦就等着年老时吃苦。”不过，可以做这个选择，我不会去劝说别人年轻时要吃苦，因为毕竟多数人是普通人，他们不爱吃苦，那么就做普通人。

我们接着还讨论了几个问题。例如，研究理论需要什么？我说需要去做，做了才知道需要什么。如果能力不够，可以用计算机做数值研究；

如果能力够，就继续做理论研究；如果能力超强，那么可以做更难的理论研究。在能力不够的情况下，退而做数值研究；发现做数值研究的能力也不够，那就去尝试动手做实验研究。如果连实验都做不了呢？那就改行，完全不做研究。

就这样，我们说了很久，我当了一回人生导师。现在我将部分问题和回答转述给陌生人，就当了一回“要么没有智慧，要么没有道德感”的人生导师。

一个写作的人，尤其是在传统媒体上写专栏、在微信上更新公众号的人，你写的是什么？关于公共问题？那么你在为读者提供一个视角，似乎与他的私人人生无关，可是涉及判断的事情，怎么不会改变他看问题的方式？而看问题的方式恰恰关乎一个人的世界观和价值观，这能与人生无关么？当然，多数人不写公共问题，写的是什么呢？娱乐？绯闻？好吧，也许这些与你个人人生无关。可是你写“小三问题”会与你一生无关么？如果你提供对某些公众人物的看法与对他的行为判断，例如对芮成钢这样的精致的利己主义者的看法，这太与你的人生有关了，因为现在正流行精致的利己主义者。

当然，也许你写的是故事，写故事的人将自己的观点和判断小心地隐藏起来，因为你没有去指导任何人的人生。我能举一个例子么？当我处于人生的某个关键时刻，我读了德国作家赫尔曼·黑塞的《悉达多》和《玻璃球游戏》，我从低谷中走了出来，并彻底改变了我对后半生的规划。黑塞不是人生导师，但对于我，他做到了。

也许你写的仅仅是文学评论。那么，文学关乎人生这个观点我前面也说了，你在评论什么？

也许写诗不是指导人生。这个留给大家思考。

其实，“远离人生导师”本身也是一个人生指导。说我诡辩也好，那么这个诡辩的逻辑漏洞在哪里？

太阳底下无新事，你再独特，你过的生活别人早就有过了。那么，就不妨听一耳朵；或者自己有心得，人家爱听不听，分享一下又有何不可？

我们要规避的是，不要去误导别人，不要写低级的心灵鸡汤，不要去迎合大众、为了畅销写职场指导或爱情指南，不要在仔细思考前将一时的情绪化结论公之于众，不要去刻奇，不要思想不接地气（这两句话貌似有点针对文艺青年），不要去散布流言中伤别人。我们要做到的是，好好思考自己人生的得失，好好观察别人的人生，好好学点历史，好好学点各方面的知识，真诚地和别人分享收获，这就是做一个正确的人生导师。